JN066633

フィニッシュライン

警視庁「五輪」特警本部・足利義松の疾走

相本孝思

潮文庫

主な登場人物

警視庁オリンピック・パラリンピック競技大会特別警備本部
→通称：オリ・パラ特警本部

足利義松《あしかがよしまつ》：警視庁捜査一課刑事。本作の主人公。過去にテロ未遂事件解決の実績がある。捜査は足で行う熱血派。30歳。

阿桜藍花《あさくらあいか》：警視庁捜査一課刑事。冷静沈着で慎重派。足利とは同期でお互い反目しながらも評価している。29歳。

浪坂《なみさか》　卓《すぐる》：警視庁刑事部副部長。特別警備本部チームリーダー。五輪警備における警察側の陣頭指揮にあたる。50歳。

その他

赤月暮太《あかつきくれた》：過激派組織「新日本革命主義連合《しんにっぽんかくめいしゅぎれんごう》」組合員。過去に足利に逮捕され、半年前に出所。裏社会の事情に詳しい。

三苫空良《みとまそら》：自治コミュニティ「みちびきの郷《さと》」村長。文明から離れた生活を営むため、山間部に独自の「村」を築く。

装幀：重原隆
装画：田地川じゅん

フィニッシュライン

警視庁「五輪」特警本部・足利義松の疾走

【七月十九日　月曜日】

一

刑事になって良かったのは、スポーツシューズが履《は》けるようになったことだ。

今履いているのは有名ブランドによる中級者向けのジョギングシューズで、やや厚底で幅広だが軽くて通気性も良く、立つ・歩く・走るの全てに適している。

今年の春にショップで試しに履いて気に入るなり、インターネットで最安値を検索することもなくその場で購入した。

機能性に優れたシューズはいくらでもあるが、自分の足に合うものと出合えるのは簡単ではない。

しかも世代交代が早いので、迷っているうちに生産終了となって二度と手に入らない場合も少なくはなかった。

だから、これだと思ったらすぐ手に入れておくのは間違いではない。家に帰れば似たようなシューズで靴箱《くつばこ》が一杯になっていたとしても。

お陰で非常時でもためらうことなく最初の一歩を踏み出せるようになった。

交番勤務していた頃に履いていたビジネスシューズだとこうはいかない。派手なロゴとラインを黒色のスプレーで塗《ぬ》り潰《つぶ》しておけば、町を歩いても目立つ心配はなかった。

それと、刑事になると私服で活動できるのも良かった。

こちらも目立たない既製品の地味な色のスーツに限るが、制服よりも動きやすく、多少着崩しても上司に見咎《とが》められることがない。

今年の四月で三十歳になったが、大きめのリュックを背負ってスマートフォンでも眺めていれば、どこにでもいる若手の営業マンに見えなくもないだろう。

仕事の内容も地域の安全を守る交番でのルーチンワークより、事件を受けて臨機応変に取り組むケースワークのほうが性に合っていた。

要するに、束縛された環境が苦手だったのだろう。

窮屈《きゅうくつ》な靴と制服と仕事から解放されて、一〇〇パーセントのポテンシャルで挑めるようになった。

自由に動き回れる環境になって、心まで身軽になれた気がした。

しかし、そんなことを感じていられる余裕も、そろそろ失われつつあった。否応《いやおう》なしに高まる緊張感に胸がざわめき、昼夜を問わず気が休まる時間もなくなってきた。

目の前に立ち塞《ふさ》がる壁に圧迫される息苦しさ。

体が石のように固まって、身じろぎ一つ取れなくなる不安。

それでいて、周囲から急《せ》き立てられる焦り。

しかもそれが現実には一切存在せず、ただ心の内から湧き起こっているだけという恐ろしさ。

あの者たちも、こんな気持ちを抱えて過ごしているのだろうか。

信じ続けてきた才能と、鍛《きた》え上げてきた肉体を武器に、世界一の栄光を手にするために競い合う選手たちも。

それとも、そんな不安などとっくの昔に振り払って、今はもう本番を楽しみに待っているのだろうか。

凡人には理解できない世界かもしれない。

だから自分は、ただその感情を受け入れて、覚悟しておくことしかできない。

これから約一か月間、全速力で駆け抜けることになるはずだから。

二〇二一年、いよいよ東京オリンピックが始まるのだ。

二

左耳に挿《さ》したイアホンから声が聞こえたのは、ちょうど札幌駅構内の売店でパック入りの牛乳とミントタブレットを買った時だった。

休憩を取っていたわけではなく、通りがかりに立ち寄っただけだ。

ただし、せっかく北海道に来たのだから、牛乳の一つでも飲んでみたいとは思っていた。

ミントタブレットはもはや中毒と呼べるものになっていて、暇《ひま》があればガリガリと嚙《か》み砕くのが習慣になっていた。

『こちら阿桜《あさくら》。時計台の近くで不審な黒い煙を確認。出火の疑いがあり、どうぞ』

店員に代金を支払っている最中に、緊迫感のある女の早口が耳に届く。

即座に身が引き締まり、脳内が緊急事態モードに切り替わった。

素早く売店から離れて買った物をスーツのポケットにしまうと、腰に付けた無線機の通話ボタンを押した。

「こちら足利《あしかが》。札幌駅にいる。これから現場へ急行する。阿桜は?」

『わたしは大通公園の南側にいるよ。近くの道警に連絡してから向かう。着くのは同じくらいだと思う』

「了解。時計台だな。警備はどうなっていたんだ？」

『知らないよ。わたしたちには何の情報も入ってこないんだから』

通話を切るなり早足で駅の出口を目指す。

札幌駅は北国の中心地とあって平日の午後も人に溢れていた。

広い構内にはスーツ姿の会社員から観光客らしき若者、付近の店へ買い物に来たと見られる女性たちや車椅子《いす》の高齢者など、雑多な人間が行き交っている。

昨年より世界規模で大流行した新型コロナウィルス感染症の影響により外国人の姿は少ないが、今週末には公立の学校が夏休みに入るので賑《にぎ》やかさもさらに増すことだろう。

早過ぎる、それが連絡を受けてすぐに抱いた印象だった。

東京オリンピック・パラリンピックの開催に合わせて何かしらの事件が発生するかもしれない、とは誰もが懸念していたことではあった。

しかし開会式は今週末の二十三日とまだ間があり、当然ながら会場はここから八百キロ以上も離れた東京のオリンピックスタジアムだ。

札幌も競技会場に選ばれているが、予定されている競歩競技が行われるのは二週間以上も先の八月五日と六日、マラソン競技に至っては閉会式直前の八月七日と八日だった。

今日、大通公園では本番の予行演習を兼ねたプレ・イベントが開催されているが、大々的に宣伝告知されていたものではない。

東京の警視庁から阿桜とやって来たのも、会場の下見と警備巡回体制の確認が目的だった。

油断していたと言われるとそれまでだが、まさか今日、何か事件が起きるなど思っていなかった。

駅を出ると勢いよく腿《もも》を上げて走り出す。

こういう時のためにも、やはりシューズにはこだわったほうが良いのだ。

空はすっきりと晴れ渡り、直射日光に首の後ろをじりじりと焼かれる。

それでも東京で感じる、蒸気サウナに服を着たまま入るような不快感はなかった。

名所の時計台は背の高いホテル群に囲まれた一角に建っている。

道幅の広い歩道を直進していると、やがて視線の先に木々が茂った狭い広場があり、さらに奥には古めかしくも瀟洒《しょうしゃ》で印象的な木造の建物が見えた。

阿桜から伝え聞いた不審な黒い煙は見えず、時計台も変わらず胸を張るように堂々と建ち青空に映えている。

しかし彼女の見間違えではないらしい。

行列を成すわけでもなく立ち止まって取り囲む人々と、そこから聞こえる不穏なざわめきから、異常事態が発生しているのは確実だった。

人混みを掻《か》き分けて奥へ進むと、広場の手前で侵入禁止のロープが張られている。

その向こうには警備員らしき制服姿の男が一人、消火器を手にして背を向けているのが見えた。

「ちょっと！　そこから入らないで！」

ロープを潜《くぐ》るなり脇から現れた別の警備員が慌てたように声をかけてくる。

大柄で屈強そうな若者だが、まだ場慣れしていない焦りが見えた。

「警視庁、刑事部の足利です」

近づくなり早口で名乗ると、相手は目を丸くして息を飲む。

あれこれ聞かれる前にこちらから話を進めたほうが良さそうだ。

「時計台の警備員ですね。何か起きたんですか？」

「は、はい。ええと、先ほど歩行者の方から、外で火事になっていると言われて、慌てて駆けつけて消火したところです」

「ではその歩行者を捜《さが》して留めておいてください。あ、一般の方を入れないで」

若者に指示を与えて早々と離れる。

現場は広場に面した時計台の壁面で、L字形になった物陰の辺りらしい。

消火器を持った警備員の先には黒く煤《すす》けた白壁が見えて、直下の地面には白い泡まみれになった段ボール箱が置かれていた。

「警察です。出火元はあの箱ですか？」

「おお、そうです。あそこから火が出て壁を焼いていました。危うく燃え広がるところでした」

こちらの警備員は白髪の目立つ高齢で、緊張しているが対応に落ち着きがあった。

「あれは何の箱ですか？」

「いやぁ、分かりません。見たこともありません」

「いつから置かれていたんでしょうか？」

「さぁ……でも、昼に見回った時はなかったはずですよ。あれば放っておきませんから」

「ご苦労さまです」

スーツを着て髪を後ろに束ねた会社員風の女が警備員に挨拶して近づいてくる。射貫《いぬ》くようなきつい眼差しが印象的な同僚の女性刑事、阿桜藍花《あいか》だった。

「足利くん、どうなってる？　何が起きたの？」

「おれも今来たところだから」

白髪の警備員を下がらせたあと、鑑識用の白手袋を着けて屈《かが》み込む。

段ボール箱はジャガイモを出荷する際に使われる三キロ箱で、側面には簡略化された北海道のイラストと産地名が書かれている。

小ぶりなサイズで内容量も少ないので、一般家庭向けに箱ごと販売しているものだろう。

「箱の中身は？」

藍花は膝《ひざ》に手を置くと、腰を屈めて背後から覗《のぞ》き込んでいる。

「灰になっているけど、新聞紙が詰め込まれていたらしい。それに、ガソリン臭いな」

「じゃあやっぱり放火みたいね」

「でも、何か変だな」

段ボール箱に手を挿し込んで、黒い泥《どろ》となった灰の塊《かたまり》を慎重に取り除いていく。

火は完全に消えており、もう危険はなさそうだ。

気になったのは、段ボール箱の下半分がそのまま残っており、地面も黒く焦《こ》げた様子がないことだった。

もしも、単純に新聞紙を詰めた段ボール箱にガソリンをかけて火を付けたとしたらこうはならない。

炎は箱全体を覆《おお》って焼き尽くしてしまっただろう。

額の汗もそのままに、首を伸ばして中を覗く。

底面には銀色のトレーが敷かれており、その上には黒く煤けたコーラの缶が口を開けて転がっている。

缶の中身は空だが、その隣にはコードに接続された乾電池と、アナログ式の小さな置き時計が収められていた。

「発火装置が入っている。乾電池に繋げたコードで火花を散らして、空き缶の中に入っていたガソリンに引火させたんだ。火は缶の口部から噴き出すから燃えるのは上のほうが速かったんだろう。こっちの置き時計はタイマー代わりか」

「時計の短針とアラーム針が重なると二本のコードが接触して火がつくようになっていたの？　じゃあ犯人はもう近くにいないだろうね」

簡易な構造なので阿桜もすぐに察しが付いたらしい。

しかし装置を見つめているうちに、ふと既視感のようなものを抱いた。

これと似たような物を、どこかで見た覚えがあった気がする。

あれは確か……

「ねぇ足利くん、それは何？」

数秒間の思考を遮って、藍花が箱の側面を指さして尋ねる。

そこにはジャガイモの種類を示す『男爵《だんしゃく》』の文字が大きく印刷されている。

その『男』の文字を取り囲むように青いペンで太く○印が書き加えられていた。

「何だろう。男に印が付けられているような……」

「空き箱を再利用したみたいだから、もしかすると最初から書いてあったのかな？」

「そうかも……でも犯人が何かを意図して書き加えたとしたら？」

「おれは男だぞって？　有り得ないでしょ」

藍花が戯《おど》けることもなく否定する。

彼女の言う通り、犯人がこんな暗号めいた方法で性別を公表するはずもない。

さらに○印が書かれた面の下には、白い紙片が段ボール箱と地面との間に挿《さ》し込まれていた。

慎重に抜き取ると二つ折りにしたコピー用紙と分かり、広げてみると奇妙な文章が赤色の字でしたためられている。

定規《じょうぎ》を使って書いたらしい、角張った小さな文字が紙片の中央に整列していた。

東京オリンピックヲ中止セヨ
開催スレバ国立競技場ヲ爆破スル

「これは……」

夏の盛りにそぐわない、ぞっとした気配に首筋を撫《な》でられた。

三

「失礼、失礼。どなたですか？」

犯行声明文らしき怪文書を藍花に手渡したその時、不穏な空気を打ち消すかのように背後から嗄《しゃが》れた男の声が聞こえてきた。

大柄で頑健そうな体つきをした、スーツ姿の中年男性。

太眉で目が大きく、顔色が酒焼けしたように赤黒くくすんでいる。

堅気《かたぎ》には見えない風体だが、この状況においてはその真逆、つまり同業者だろう。

その証拠に、彼の背後には制服を着た警察官たちの姿があった。

「時計台の方ですか？　ああ、危ないからそれには触れないで。おい、きみ」

「ちょっと下がって。そこに立たれると陰になって見えなくなるから」

背を向けて屈んだまま返答すると、相手から、あぁ？　というドスの利いた声が聞こえてくる。

「警視庁刑事部の阿桜と足利です」

隣の藍花が背筋をぴんと伸ばして代わりに名乗る。

男の息を呑む音が聞こえた。

「そちらは道警の方でしょうか？」

「ああ……道警の刑事部です。警視庁……東京の人間が、ここで何をしているんですか？」

「わたしたちは警視庁のオリ・パラ特警《とくけい》本部として出向しています」

「オリ・パラ特警本部……」

「きょうは視察のつもりで来ていましたが、事件が起きたので駆けつけました」

「ああ、そう……それはどうも、ご苦労さんでした」

男は丁寧な口調ながらも、ぶっきらぼうに返答する。

藍花が素直に身分を明かしたにもかかわらず、相手は名乗る気すらないようだ。

「もう火は消えたようですね。おたくが処理してくれたんですか？」

「いえ、時計台の警備の方が先に来て消火してくれたようです」

「そうですか。なんにせよ助かりました。では、あとはうちが引き継ぎます」

「はい……いえ、わたしたちもお手伝いさせていただきます」

「いや結構。それには及びません」

男はきっぱりと断ると、戸惑う藍花を押し退《の》けて近づいてくる。

またこれか、とうんざりとした思いが頭をよぎった。

こちらの所属を名乗った途端、相手は露骨《ろこつ》に拒絶の態度を見せる。

これまでに何度も経験してきた状況だった。

「きみも下がれ。現場はうちが取り仕切る」

「……あとからのこのこやって来たくせに、下がれもないでしょ」

相手の横柄《おうへい》な態度が気に入らなくて、つい振り向いて反発してしまう。

こういう場合には黙っていられない性分だった。

すると男は生意気な小僧を嘲《あざけ》るような表情になり、屈んでいるこちらを文字通り見下ろしていた。

「現場の捜査は早い者勝ちじゃない。ここは札幌、道警の管轄だ。おれたちに任せるんだ」

「名所の時計台を燃やされてから駆けつけるような警察に何を任せるんですか？」

「放火されてから来たのはお前たちも同じだろうが」

「そうですよ」

立ち上がって胸を張り、顎《あご》を上げて相手を見据える。

「だからお互い偉そうなことは言えないでしょうが」

「やめて、足利」

横から藍花に厳しい口調で止められる。

彼女は例の犯行声明文を押しつけるように男に差し出した。

「現場にあった段ボール箱の下敷きになっていました。犯人が残していったものと思われます」

「……国立競技場を？」

男は片手で紙片を開いて目を落とし、低い声でつぶやいた。

国立競技場とは東京の中心地にある運動競技場のことで、二〇一九年に旧施設の全面改築によって新たに誕生した施設のことだ。東京オリンピック・パラリンピックの開催期間中は『オリンピックスタジアム』の名称で、開会式と閉会式と、各種の競技会場として使用される予定となっていた。

「ただの放火ではないようです。これで事件が東京オリンピックに関係していることがお分かりですね？」

「このメモを見つけたのはおたくですか？　それとも時計台の警備員か、他の方ですか？」

「足利がたった今発見したばかりですが」

「……分かりました。ではこの件も併《あわ》せて我々が捜査を行います」

「わたしたちを捜査に参加させてはいただけないのですか？」

「必要ありと判断されれば、上を通してそちらにも連絡が入るでしょう」

「東京オリンピックに関する事件はオリ・パラ特警本部が取りまとめています」

「女が……部外者が加わっても捜査が混乱するだけですから」

男はそう返して怪文書を背後の刑事に渡すと、こちらに向かって立ち去れとばかりに顎をしゃくる。

その顔を睨《にら》みつけるが、刑事が怯《ひる》むはずもない。

歳の割には童顔なので、威圧感がまるでないのも自覚していた。

「今度はオリンピックスタジアムが爆破されてから駆けつけるんですか？」

「そっちはお前の管轄だろうが。しっかり警備にあたれよ」

皮肉のつもりで言ってみたら、思わぬ正論を吐かれてしまった。

さらに言い返そうと思ったが、気を取り直した藍花が先に口を開いた。

「了解しました。では捜査報告を待つようにいたします」

彼女の言葉に男も当然とばかりにうなずいた。

四

警視庁オリンピック・パラリンピック競技大会特別警備本部、通称『オリ・パラ特警本部』は、今週末の七月二十三日に開会式を迎える二〇二〇年東京オリンピックの警備を目的に設置された期間限定の特別チームだ。

警視庁と全国の警察署から集められた総勢およそ三百名の警察官たちが、それぞれ特別に任務を与えられて職務に当たっている。

しかし実際に会場とその周辺の警備に当たる警備部門はともかく、刑事部門は役割が不明瞭で活動内容も制限されていた。

その理由の一つが、全国を統合する組織でありながら、オリンピックに関係する事件と認められなければ捜査を行えないという、非現実的なルールが定められていることだ。

さらにオリンピックとの関連性を認めて捜査権限を与えるのは特警本部ではなく、警視庁の上層部と行政機関である警察庁の幹部と、大会そのものの運営を担う大会組織委員会の合意が求められていた。

当然、認められるまでには時間がかかるため、その間は地方ごとの警察署が捜査を行うことになる。

ようやく了承が得られたところで、後追《あとお》いの捜査になるだけで満足に動けるはずもない。

それで結局、捜査報告書を受け取って上層部に流すだけの仕事ばかりが続いていた。

「なぁ藍花、あいつら、あの犯行声明文を隠すつもりじゃないか？」

レンタカーの助手席で倒したシートに寝転んで、牛乳を飲みながら藍花に向かってぼやく。

時計台での出来事の後、付近を巡回してから大通公園近くの駐車場に停めていた車に戻って待機していた。

続けて事件が起きることを警戒していたが、現時点でそんな様子はない。

北海道警察の刑事たちも、現場に一人の警察官を残して既に立ち去っていた。

「義松《よしまつ》じゃあるまいし、隠したりはしないでしょ」

運転席に姿勢正しく着席した藍花は、じっとフロントガラスの向こうを見つめている。

特に取り決めがあったわけではないが、二人だけになると互いに名前で呼び合うのが常となっていた。

「あの人、顔は怖いけど仕事は真面目そうだから、ちゃんと上に報告すると思うよ」

顎《あご》のラインがくっきりと走る凛々《りり》しい横顔を湛《たた》えているが、彼女がそういう表情をする時は内に大きな不満を抑え込んでいることも知っていた。

「……だけど、上の人たちが握《にぎ》り潰《つぶ》しちゃうかも」

「オリンピックに使われる会場の周辺でテロ事件を起こすわけにはいかないからな」

組織が巨大化し責任者が増えてしまうと、減点主義と事なかれ主義が横行するものらしい。

イメージの悪化を恐れるあまりに、テロ事件そのものを隠蔽《いんぺい》して、無かったことにされる可能性が高かった。

あるいは、事件は起きたが解決済みだと簡素な報告で済ませられるかもしれない。

いずれにせよ、自分たちの管轄地域をテロの発生現場にしたい者などいるはずもなかった。

「それなら、どうしておれを止めてあいつの言いなりになったんだよ。犯行声明文のメモもすんなり手渡して。あれはこっちが持っていたほうが良かったんじゃないか？」

「証拠の隠匿《いんとく》なんてできるわけないでしょ。それに道警と喧嘩《けんか》したって仕方ないよ」

「喧嘩じゃなくて、交渉だ」

「あの人には何を言っても無駄」

「なんでそう言い切れる？」

「聞いてなかった？　あいつ、わたしにだけ敬語で話していたんだよ。女だからって……」

彼女はそう言うと忌々《いまいま》しげに顔をしかめた。

阿桜藍花とは警察学校時代からの同期で、知り合ってからもう十年近くも経っている。

卒業後には別々の交番に配属されたが、偶然にも同じ年に刑事部への転属が決まって再び同僚となった。

勤務態度は真面目で模範的《もはん》、勉強熱心なので知識も豊富。

やや勝ち気で頑固な性格だが、それも刑事としては長所となり実績にも繋がっていた。

要するに、自分とは比べものにならないほど優秀な刑事だ。

にもかかわらず、階級も立場も同じであり続けているのは、彼女が女だからという理由くらいしか思い浮かばなかった。

「やってられないな……。藍花もシートを倒して休めばいいのに。外を監視したってもう犯人は歩いていないだろ」

「そうしたいけど、車内で二人とも寝転んでいたらおかしいでしょ。人に見られたら変な関係だと思われる」

「そっか、それは困るな」

「……そっちのシートを戻して座れって言ってんだけど」

「言ってないし……」

レバーを引いてシートを戻すと、今度は藍花がシートを倒してぼすんっと寝転ぶ。

彼女に欠点があるとすれば、その優れた洞察力を他人にも求めてしまうところだろう。

「ねぇ、義松はどう思う？　さっきの事件、犯人は本気だと思う？」

「本気って、オリンピックスタジアムを爆破するって話か？」

日没の喧噪《けんそう》に包まれた町では、慌ただしく帰路に就《つ》く人々が羊の群れのように流れ続けている。

　時計台での火災はすでにラジオやネットニュースで報道されていたが、壁面の一部を焼くボヤ騒ぎとして淡々《たんたん》と伝えるに留まっていた。

「わたしは嘘だと思う。今回の事件は多分これで終わるよ」

　藍花は車内の天井を見上げつつ、こちらの返答を待たずに話を進める。

「そうかもしれないけど、理由は？」

「だって国立競技場を……オリンピックスタジアムを爆破するために札幌の時計台を放火するなんて意味ないよ。本気でやるなら直接事件を起こすはずだよ」

「でも、あの犯行声明文だと犯人の目的はオリンピックの中止だった。中止にしなければ国立競技場を爆破するぞって脅《おど》しなんだから、いきなり手を出すわけにはいかなかったんじゃないか？」

「それでも時計台を標的にするのはおかしいよ。大通公園では予行演習のプレ・イベントが行われていたけど、東京からは遠すぎる。あと四日後にはオリンピックが始まるというのに、今どきこんなところで事件を起こしたって中止になるわけがないよ」

「そりゃそうだ。じゃあこの事件の犯人は何がしたかったんだ？」

「騒ぎを起こしてオリンピックの開催を中止に追い込みたかったのは本当だけど、オリンピックスタジアムを本気で襲うほどの勇気はない、たぶん札幌近辺の人。時計台を襲った理由は地元の観光名所だったからよ」

「なるほど……藍花が事件を道警に任せたのもそれが理由か」

隣を向くと彼女は自信ありげな目でこちらを見上げていた。

オリンピックへの妨害が動機であっても、犯人が地元の人間ならば土地勘《かん》もある所轄の警察が捜査を行うべきだ。

当然、それが真相だと決めつけられるものではないが、わずかな時間でそこまで事件を見通す彼女の聡明さに感心させられた。

同時に、相手の態度が気に入らないという理由だけで、怒りを覚えて反発した自分が情けなくなった。

「おれがオリ・パラの特警本部に入れられたのって、きっと藍花のおまけだろうなぁ」

「どうして？」

「頭を使って考えるのは得意じゃないよ。足を使って動き回るほうが好きだ」

「義松って、元・陸上部だっけ？　めっちゃ速いもんね」

「短距離だけな。だから持久力も協調性もない」

「わたしは元・バスケ部だったよ」

「そらみろ。どうせキャプテンだったんだろ？」

「まあね。それはともかく、義松が選抜されたのはおまけじゃないでしょ」

藍花は軽くあくびを漏らして涙目を向ける。

「期待されているんだよ。テロリスト・ハンター・足利義松刑事のザ・ショットを」

「何だそれ？」

「知らない？　マイケル・ジョーダンの伝説」

「知らない。ウサイン・ボルトの九・五八みたいなもんか」

彼女の冗談にうんざりして顔を逸《そ》らした。

四年前、刑事部へ転属となった初めての年に、単独でテロリストを捕まえたことがある。

その日は国会議員総選挙の期間中で、新宿では首相の街頭演説が行われる予定となっていた。

その警備中に、商店街で見かけた不審な男を職務質問したところ、突然抵抗して逃亡を図ったので慌てて追いかけて取り押さえた。

藍花が言った通り、足には自信があった。

とはいえ、相手がナイフやピストルなどの武器を隠し持っていなくて助かった。

そして所持品の中から手投げ爆弾を発見したことと、同時に男が強襲を計画していた国内過激派組織の一員と判明したことで緊急逮捕した。

特に何か情報を摑んでいたわけではなく、男の顔に見覚えがあったわけでもない。

不審に感じたのも、同じ通りで三度も見かけたという程度でしかなかった。

全くの偶然、それでも大手柄には違いない。

お陰でしばらくの間は、期待の新人刑事として部内の注目を浴びることになった。

「あんな、棚から牡丹餅《ぼたもち》が落ちてきたような出来事を評価されても困る」

「でも現に今日だって事件に遭遇したじゃない。わたしたちの仕事ってそういうところもあると思うよ」

「運が良いんだか、悪いんだか」

「刑事としては超・幸運。だからこの任務に選ばれたんだよ」

「じゃあ藍花のほうが、おれのおまけか？」

「何言ってんの？　わたしは普通に有能だから選ばれたんだよ」

「ああ……そうだな。うん、全くその通りだ」

冷《さ》めた目差《まなざ》しを向けてあしらうと、藍花はつんと鼻を持ち上げてから自嘲気味に笑みを浮かべる。

お互い、他の同僚たちにはとても見せられない態度だ。

上層部が何を思って選抜したのかは分からないが、彼女とコンビを組まされたのは悪くなかった。

五

周囲が夜の闇に包まれて、もはや監視をしていても意味がないと思い始めた頃、藍花のスマートフォンから着信音が鳴り響いた。

「浪坂《なみさか》副部長だ」

藍花はシートの背もたれをぐいっと戻してそう告げた。

浪坂卓《すぐる》は特警本部のチームリーダーだ。

本来のトップ、本部長には警視庁長官が就《つ》いているが、あくまで対外的な肩書きに過ぎず、メンバーたちと顔を合わすこともなければ会議に現れることもない。

実務レベルにおける指揮は浪坂が務めており、既に今回の事件も特警本部を通じて彼には報告済みだった。

「阿桜です。お疲れさまです。はい、まだ札幌にいます。足利も同行しています」

阿桜は声のトーンを落として真面目な調子で会話する。

その後スマートフォンの通話設定をスピーカーモードに変更してカーナビの前に立てた。

『おい、足利、いるのか？　聞こえるか？』

「聞こえてますよ。お疲れさまです」

車内に反響する声にぼんやりと返答する。

白髪頭に鷲鼻《わしばな》、常に不機嫌そうな浪坂の顔が自然と思い浮かんだ。

浪坂は警視庁刑事部の副部長でもあり、いずれにしても直接の上司にあたる人物だ。

そのため他のメンバーよりも気安く話せるが、彼のほうも遠慮はなかった。

『その後の状況はどうだ？　何か進展はあったか？』

「事件は道警の刑事に奪われたんで、こっちは何も分かりません。現場周辺は今のところ異常ありません」

『それでいい。よく素直に引き継いでくれた。揉《も》め事は起こさなかっただろうな？』

「まさか。事件の捜査は管轄の刑事が受け持つのが当たり前っすよ」

「副部長。そちらに何か情報は入っていますか？」

阿桜がやや強引に会話を割って浪坂に尋ねる。

余計なことを言い出さないかと心配されたのかもしれない。

「捜査に進展はあったのでしょうか？　それとも、もう犯人は捕まりましたか？」

『犯人が見つかったという報告は入っていない。犯行声明文が残されていたことは大会組織委員会からもメールで通達があった』

「大会組織委員会から？　道警からではないんですか？」

『道警から連絡はない。オリンピックに対する警告だから、大会組織委員会へ報告するのが当然という判断だ』

「しかし、それでは対応に遅れが出ませんか？」

『テロに備えて万全の体制で臨むことには変わりない。脅迫なんて他からもたくさん受けているのは阿桜も知っているだろ』

浪坂は素っ気ない口調で返した。

彼の言う通り、オリンピックに関する苦情や意見や脅迫めいた声は連日関係各所に届いている。

電話や葉書や電子メールはもちろん、インターネットを使って動画サイトやSNSに投稿する者も少なくはなかった。

警察が事件として発表していないのは、ほとんどがその価値に値するものではないからだ。

警備に関する指摘だけならまだしも、大会の運営そのものに関して愚痴《ぐち》や不満だけを述べる者も多い。

中には開催中に必ずテロが起きるはずだと、予言とも予告とも付かない主張を繰り返し続けている者もいる。

まともに聞くだけ無駄なことかもしれないが、万が一にも真実が紛れ込んでいるとすれば無視するわけにもいかない。

お陰で特警本部の刑事たちの多くも、その対応に追われて疲弊《ひへい》させられていた。

「でも浪坂さん、今回の事件は他とちょっと違うんじゃないですか？」

上司の消極的な姿勢と鈍重な指示系統に辟易《へきえき》して反論せずにはいられなくなる。

顔の見えないスマートフォンの向こうで、浪坂の眉間に深い皺《しわ》ができるのを気配で感じた。

「他からも脅迫を受けたり犯行声明文を送られたりしているのは知っています。でも今回は実際に発火装置を使った放火犯罪が行われていたんですよ。ちまちまと投書したり、ネットである事ない事叫んだりしている奴らとは訳が違う。犯人は本気で事を起こす危険性もあるんじゃないですか？」

『放っておけとは言っていない。道警が引き受けてくれるなら、任せておけばいいと言っているんだ。特警本部だけで全国各地の事件を取り扱うわけにはいかない。各地方の警察とも連携を取って対応するのが方針だ』

「あいつら、うちと連携を取る気なんてこれっぽっちもないみたいですけど」

『それは足利の感想だろ。上とはちゃんと繋がっているから心配するな』

「ああ、そうっすか。それは安心しました」

淡々とした口調で返すと、隣の藍花が物言いたげに横目を向けた。

浪坂が融通の利かない官僚主義的な性格なのは知っているが、特警本部に移ってからはさらに厳密で頑《かたく》なになったように感じられる。

現場を無視した上層部からの命令と、満足に捜査活動を行えない部下からの不満との板挟みになって、ほとんど考えることを止めてしまったようにも思えた。

『足利の気持ちは分かるが、これ以上おれの仕事を増やすな。お前と阿桜はおれの味方でいてくれ』

「それはまぁ……分かっているつもりですけど」

そう言われてしまっては無闇《むやみ》やたらと楯突《たてつ》くわけにもいかない。

彼が上で取り仕切っているからこそ、まだ活動に自由が利くことも理解していた。

『正直に言うと、こっちはそれよりもっと大きな問題に追われているんだ』

「大きな問題って何ですか？」

『さっき、ＩＣＢＳ《アイシービーエス》が犯行声明を発表した』

浪坂の低い言葉を聞いて、阿桜と顔を見合わせる。

彼女が先に口を開いた。

「ＩＣＢＳといえば、中東のテログループのことですか？」

『そう。ネットの動画サイトを使って全世界に向けて配信されたんだ』

ＩＣＢＳは近年急速に影響力を持ちつつある過激派組織の略称だ。本拠地と指導者は未だ特定できていないが、世界各地の主要都市でテロ事件が起きるたびに名前が挙がり、その勢力と活動範囲の拡大を危険視されていた。

『お陰でマスコミは蜂《はち》の巣を突いたような大騒ぎ、政府も大会組織委員会も大わらわだ』

「犯行声明の内容はどういったものだったのでしょうか？」

『異教徒に恐怖を刻みつけるだの、オリンピックに聖なる鉄槌《てっつい》を下すだの、そんなところらしい』

「聖なる鉄槌……」

浪坂の言葉を口の中で繰り返す。

まともに聞く価値もない理不尽な声明だが、どこか引っかかるものを感じた。

藍花のほうは特に気にしておらず、ただ馬鹿馬鹿しいとばかりに短く息を吐いた。

「副部長、特警本部の対応は？」

『まずは動画の事実確認を取れというお決まりの対応だ。公式の発表もそれに留めている』

「実際どうなんでしょうか？　フェイクニュースの可能性もありますか？」

『そっちのことはおれも詳しくないが、サイバー・セキュリティ・プロテクト本部は信《しん》憑《ぴょう》性が高いと見ている。動画の出所や編集の癖《くせ》がこれまでＩＣＢＳが配信したものと近いそうだ』

「わたしたちの任務は？」

『今のところは様子見だな。ＩＣＢＳについては国際テロ対応推進本部が扱うことになっている。もし国内で事件の起きる兆候が得られればうちにも対応要請がかかるだろう。明日の午前に特警本部で会議を開く』

「了解しました。今夜のうちに東京へ戻っておきます」

『頼む。おい、足利も聞いているな。ちゃんと帰って来るんだぞ』

「聞いてますよ。でも浪坂さん、ちょっと気になることがあるんですけど……」

『それはお前の気のせいだ。いいな、妙な気を起こすなよ』

浪坂はそう言うとこちらの声を待たずに通話を切った。

「まだ何も言ってないのに……」

部下の思いつきなど聞いている暇《ひま》もないのだろう。

仕方なく、言いそびれた口にミントタブレットを放り込んでガリガリと噛《か》み砕いた。

六

藍花はそう言ってスマートフォンを取り上げると、人差し指を伸ばして画面を操作する。

「世界規模のテログループなんて、また厄介なところが絡んできたね」

インターネットで配信されたというテロ組織の動画を検索しているようだ。

「《ICBSがテロ予告、東京オリンピックが標的に》、《オリンピックを血の海に。中東テログループが警告》だって。ニュースサイトが一斉に伝えているよ」

「いきなりネットで動画を流されたら、さすがの警察も誤魔化《ごまか》しようがないからな」

日頃からオリンピックに関する事件の発表には警察も慎重に取り扱っている。

隠すことは許されないが、国を挙げてのイベントに水を差さないように、また模倣《もほう》犯を防ぐためにも発表は控えめにする傾向にあった。

お陰で既にいくつかの事件は起きているが、世間はほとんど関心を抱かず、表向きには何事もなく平和に進行しているように見られていただろう。

それだけに、不意打ちのような奴らの行動には苦々しさを覚える。

警察にとっては、この時点でテロを起こされたようなものだった。

「動画配信サイトにアップロードされた元ネタはすぐ非公開になったけど、ＳＮＳに転載されてどんどん広まっているみたい。ほら」

藍花は再びスマートフォンをカーナビの前に置いて動画を再生した。

画面には荒涼とした黄土色の大地に立つ三人の男が映っている。

それぞれ同じ迷彩服に黒覆面を着けて、両手でマシンガンを携《たずさ》えている。

その後ろにはさらに二人の男が、アラビア文字の書かれた黒い旗を掲げていた。

「……ええと、われら兄弟は、偉大なる名に従う兵士たちである。オリンピックは、穢《けが》れた異教徒どもの国と、その同盟国が行う、悪徳の祭典である」

藍花は画面の下に流れる英語の字幕を日本語に翻訳する。

「われら兄弟は、異教徒どもに永遠の恐怖を刻みつけるために戦う。計画はまもなく最終段階に入る。オリンピックに聖なる鉄槌を下し、血の雨を降らせる。これは正義の裁きであり、もはや取り消すことはできない。全ての銃弾を撃ち尽くし、全ての爆弾を爆発させた時、われら兄弟には祝福がもたらされるだろう。偉大なる名を讃《たた》えよ。異教徒どもはこの戒《いまし》めを受け入れよ……」

「相も変わらず、ふざけた話をしてやがる」

動画はまだ続いているが、視聴するに堪《た》えない内容にぼやきが漏れる。

中東特有の風景と、テロ組織特有のビジュアルには、もはや見慣れてしまった感もある。

大仰《おおぎょう》で独善的な物言いもいつも通りで、真面目に耳を傾ける気にもなれない。

ただ、これまでと違うのは、彼らが東京オリンピック、すなわち日本をテロの標的に据えていることだった。

「藍花、ＩＣＢＳってどういう奴らなんだ？　何か知っているか？」

「わたしも詳しくは知らないよ。中東のテログループってくらいしか」

藍花はじっと画面を見つめている。

「……だけど、本拠地のないグループ、指導者のいないグループだって話は聞いたことあるよ」

「指導者がいない？　見つかっていないじゃなくて、存在しないのか？」

「そうみたい。幹部はいるだろうけど、他の組織みたいに誰か一人を仰いでいるわけじゃないとか。それで過去に壊滅したグループの残党を分け隔《へだ》てなく吸収して大きくなっているらしいよ」

「そんな奴らが、なんで東京オリンピックを目の敵《かたき》にしているんだ？」

「悪徳の祭典だっけ？　世界が注目しているスポーツイベントだから、事件を起こしてアピールしてやろうって目論んでいるんだよ」

「でも中東諸国の選手だって何人も出場するだろ」

「連中からすれば出場選手も異教徒のお祭りに参加する裏切り者なんじゃない？　殺す

ことで救われるという考えもあるらしいよ」

「異教徒って……オリンピックなんて元々はアテネのもんじゃないか。キリスト教ともイスラム教とも関係ない。仏教と神道がほとんどの日本で宗教戦争を起こすのも馬鹿げた話だ」

「ＩＣＢＳはイスラム教とも関係ないって説もあるよ。どの宗派にも属していないらしくて、相手を異教徒呼ばわりするのも見せかけじゃないかって」

「じゃあ何なんだ、こいつらは」

「欧米諸国からドロップアウトした人たちが、中東に集まって組織化しているって噂だよ。だから他のグループの残党も、主義や主張も気にすることなく引き込める。幹部もアラブ人じゃない人が多いとか」

「それじゃ本当に最低のならず者どもってわけか。話の通じる相手じゃないな」

どうやらグループの全容が見えにくい理由もそこにあるらしい。

自分の国を守るわけでもなく、信奉する宗教のために命を投げ出すわけでもなく、ただ反欧米、あるいは反キリスト教を言い訳に他国でテロ活動を行う集団。

もしＩＣＢＳがそんな者たちの集まりとすれば交渉のやりようもない。

一方で勢力と実行力は無視できないものとなっており、テロ宣言も虚言とは言い切れないだろう。

「……『テロ対』はちゃんと把握できているんだろうか。マシンガン持った奴らが乗り込んできても、おれたちじゃどうしようもないぞ。自衛隊を呼ぶのか？」

「海外のテロ組織が事件を起こす危険は想定内だろうけど、どこまで対応しきれるのか。結局はアメリカ頼みのところもあるんじゃない。慣れていないからね、上も下も」

藍花はスマートフォンを操作しながら冷静に分析する。

東京オリンピックを中心に、世界規模の国家や組織がせめぎ合っている。

それはまるで台風のように、分厚い黒雲が異様な速度で渦《うず》を巻いている光景に思えた。

湿気を含んだ熱い風がごうごうと鳴り響き、やたらと不安を駆り立てる。

しかし地上の人間たちにはどうすることもできない。

声を張り上げても聞こえず、手を伸ばしても届かず、その全容も窺《うかが》い知れない。

ただ心配して空を見上げることしかできないだろう。

問題は、特別警備本部の刑事でありながらも、そう感じずにはいられないことだった。

「ねぇ義松……やっぱりジンギスカンとか行ってみる？」

ふいに藍花が横目を向けて尋ねてくる。

「晩ご飯。せっかく札幌まで来たんだし。ジンギスカンって羊肉でしょ？　わたし食べたことないんだけど」

「……おれは普通に牛肉のほうがうまいと思うけど、いきなりなんだよ」

「だって義松、色々と気に入らないんでしょ？　顔に書いてあるよ」

「そういうわけじゃないけど、手も口も出せないというのが……」

「でもわたしたちが焦って動き回っても仕方ないし、文句を言っても始まらないよ。だから諦《あきら》めて美味しいのを食べて帰ろうよ。ね、おごってよ」

「いや、最後の一言だけおかしいだろ」

そう返すと、藍花は歯を見せて笑った。

彼女は賢明で、潔《いさぎよ》くて、きっと正しい。

それが警察組織に所属する人間として相応しい判断に違いない。

しかし自分はそこまで簡単には割り切れない。

事件の予感を抱きながら、何もせずに傍観《ぼうかん》を決め込むのは耐えられない。

たとえ青臭くても、それが警察官、刑事の本分だと信じていた。

「そういや義松、さっき浪坂副部長に何か言いかけていなかった?」

「ああ……いや、別に大したことないよ」

「言ってよ。何か気になることがあったんでしょ?」

「……藍花は、もう日本にICBSの工作員が入り込んでいると思うか?」

そう話を切り出すと、藍花の目が再び仕事中の眼差しに戻った。

「そう思うよ。もしあの犯行声明が本気だとしたら、きっと何か月も前から入国して、どこかに潜んでいても不思議じゃないよ」

「じゃあ、あいつらはどうやってテロを実行すると思う?」

「何が言いたいの?」

「時計台の事件を見て思ったんだ。もしあの事件の犯人が外国人によるものだとしたら、誰にも見られずにあの段ボール箱を置き去りにすることなんてできただろうかって。あそこは物陰にはなっていたけど大通りに近いし、同じ広場には公衆トイレもあった。何より現場は札幌、北海道屈指の観光スポットだ」

「日本だと外国人は特に目立つだろうって？」

「刑事でなくてもみんな敏感に察すると思う。白人や黒人だと目立つし、アラブ人もよく分かる。アジア人でも服装や立ち振る舞いから違和感を覚える。集団で立ち話をしているだけでも目を向ける人は多いだろう。おまけに去年からの新型コロナウィルス対策でずっと入国は制限されてきた。外国人がこの国で工作活動を行うにはハードルが高い気がするんだ」

「と言うことは、ＩＣＢＳのテロ活動に協力している日本人がいる？　あ、もしかするとテロの実行犯自体が日本人かもしれないってこと？」

「そう。時計台での犯人も、国籍はともかくとして、たぶん見た目はごく普通の日本人だったから誰も気に留めなかったんだと思う。だからこれから起きるテロも……いや、待てよ……」

そうつぶやいたところで、車内に再びスマートフォンの着信音が鳴り響く。

何か思いつく度に邪魔が入るのは、そういう法則でもあるのだろうか。

しかし今回は藍花の物ではなく、スーツのポケットに入れた自分の物だった。

「何？　また浪坂副部長？」

「いや……」

スマートフォンに目を向けて、藍花の質問を否定する。

画面にはアドレス帳に登録されていない固定電話の番号が表示されていた。

誰だ？

妙なためらいを覚えたのは、それが実家のある神奈川県の市外局番だったからだ。

『もしもし、恐れ入りますが、こちらは足利義松さんの電話番号でしょうか？』

「そうですけど……」

電話を取るなり耳に届いた、聞き慣れない若い女の声に返事する。

『こちら、的形《まとがた》総合病院と申しますが、失礼ですが義松さんご本人さまでしょうか？』

「病院？　は、はい。そうです、本人です」

戸惑いながら返事すると、隣の藍花が異変を悟って眉をひそめる。

相手の女は極めて冷静な口調で言葉を続けた。

『先ほど当院に、足利舞子《まいこ》さま、お母さまですね？　舞子さまが救急搬送されました』

「え……」

そう告げられても一体何の話をしているのかさっぱり分からなかった。

ただその瞬間、東京オリンピックのことも、テロ組織のことも、何もかもが頭の中から消え失せた。

【七月二十日　火曜日】

七

母は前日の夕方、仕事帰りに気分が悪くなったのか、急に路上に座り込んで、そのまま意識を失ったらしい。

道行く人がそれに気づいて救急車を呼んでくれて、そのまま病院へ搬送されたそうだ。

病状は脳内出血、頭の中の血管が切れて出血を起こして脳を圧迫していたという。

夜中に駆けつけた時にはもう治療は済んでおり、母は穏やかな顔で眠っていた。

説明してくれた医師は眼鏡をかけたスポーツマン風の男で、医師というよりも整体師のように見えた。

CT画像とかいう、脳を輪切りにしたレントゲン写真を見せられたが、知識がないので何がどうなっているのかはよく分からなかった。

ただ、母の頭の中にも脳が入っているのだという、ごく当たり前の事実に奇妙な感覚を覚えていた。

医師の話によると、症状は軽度なので今のところ開頭手術の必要はなく、血圧を下げる薬で対処するとのことだった。

発症要因の一つは母の高血圧にあるらしい。

今後どのような症状が現れるか、後遺症がどれくらい出るかはしばらく経過を観察しないと分からないそうだ。

眠っている母を起こすのは憚《はばか》られたので、その夜はベッドの隣にパイプ椅子を並べて体を休めた。

警察官になってから、どこでも寝られる体質と、いつでも起きられる感覚が身についた。

母の寝息を聞くなど何年ぶり……いや、何十年ぶりだろうかと、ふと思った。


子供の頃は短距離走の選手になりたかった。

体を動かすのが大好きで、特に駆けっこは誰にも負けたことがなかった。

速く走ると皆から褒められて、尊敬してもらえて、人気者になれた。

それでもっと走るようになって、さらに速くなっていった。

中学生になるとさらにタイムが縮められるようになり、全国大会にも入賞して新聞やテレビにも取り上げられた。

陸上界では『神奈川の韋駄天《いだてん》』『南中《なんちゅう》の足利』と噂される存在になり、将来を有望視された。

足が速いだけなのに女子からも好かれて、異常な数のラブレターを受け取った。

しかし当時は走ることとしか考えていなかったので全部断ってしまった。

高校も陸上の強豪校へ特別枠で入学できた。

自分の限界は未だ見えず、頼まれた色紙には『オリンピック出場！　最低でも金！』などと、どこかで聞いたような言葉を恥ずかしげもなく書いたこともあった。

当時はまんざら不可能でもないと本気で信じ切っていた。


しかし高校一年生の夏、ちょうど今年の東京オリンピックで陸上競技が行われる日付あたりで、大怪我に見舞われた。

左膝　前十字靭帯断裂《ぜんじゅうじじんたい》　半月板損傷《はんげつばん》。

要するに、左膝を繋ぐ紐《ひも》が切れて、お皿が割れてしまったという意味だ。

もっと簡単に言うと、陸上競技人生の最期に付けられた、いわば戒名《かいめい》だった。

競技場で取り組んでいた大会前の練習中にトップスピードで転倒してしまい、そのまま動けなくなってしまった。

どうして手を先につかなかったのか、いっそ顔から落ちても良かったのに、と思ったところでもう遅い。

その前に膝の腱《けん》が切れたせいで転んだのだから、結局どうしようもなかっただろう。

痛みは全く感じなかった、と思う。

大会前の興奮と、大変なことになったという恐怖があまりにも強くて、痛覚が麻痺《まひ》していたのかもしれない。

ただ、眩《まぶ》しい青空に大きな入道雲が沸《わ》き立った、暑い夏の光景だけは、今もはっきりと覚えている。

赤レンガ色のトラックに寝転んで空を見上げたのは、それが最初で最後だった。

オリンピックで金メダルを取ったら、大観衆の競技場のど真ん中でやろうと決めていたポーズだった。

怪我自体は、まだ若いこともあって回復も早く、重大な後遺症も残らなかった。

半年ほどのリハビリを経て日常生活を取り戻し、一年後には再び全速力で走れるようになった。

しかしそれ以降、大会で上位につくことは二度となかった。

多くのスポーツと同じように、陸上競技も才能がなければ勝利できない。

その才能とは、結局のところ心身のバランスだと思う。

どれだけ体を鍛《きた》えても、練習を積み重ねても、自信を持って挑んでも、それがなければ決して壁を越えることはできない。

それはまるで塀《へい》の上に座った、大きな卵のハンプティ・ダンプティ。

あるいは浜辺に作った砂の柱に乗せた、玩具のヤジロベエ。

自分の才能は、きっとあの瞬間に転がり落ちて、結局取り戻すことはできなかった。

いくら頑張ってもタイムは縮まらず、どうにもならない絶望感に長い間苦しみ続けた。

その上、高校二年生の冬には父が突然亡くなってしまった。

仕事中の交通事故だった。

朝に仕事へ行って、夜に遺体となって帰ってきた。

リハビリにも付き合ってくれて、結果が残せなくなっても熱心に応援を続けてくれた、いい父親だった。

しかし一人息子で親類とも疎遠だったので、その後は母子二人だけで生きていかなければならなくなった。

それでようやく、陸上選手としての将来に見切りを付けた。

もはやオリンピック選手になれる可能性は針の先よりも小さかった。

また国内でどれだけ活躍できたとしても、陸上選手を仕事として成立させるには相当難しいだろう。

だから警察官を目指すことにした。

体が動かせて安定した収入が得られる公務員だったからだ。

皮肉にも、絶対に諦めるなと言い続けてくれた父を失って、諦める決心を付けることができた。

そして十二年前に進学のために家を出て上京して、そのまま運良く警視庁に採用された。

人生は何が起きるか分からない。

〇・〇一秒を縮めるために全力を費《つい》やしていた頃は、自分が警察官に、しかも刑事になるとは考えてもいなかった。

大怪我をするとも、それから全く記録を伸ばせなくなるとも思ってもいなかった。

早くに父を失って、母子家庭になることも想像していなかった。

そして、まさかこんな形でオリンピックに参加するなど知るはずもなかった。

八

短い夜が明けたあと、母の呻《うめ》き声が聞こえて目を覚ました。

午前六時、ベッドの上で母はしきりに瞬《まばた》きを繰り返し、不思議そうに辺りを見回していた。

「おはよう、母さん。調子はどう？」

「義松……何これ？　どうなってんの？」

「病院だよ。まだ早朝だから静かに」

「病院って……あんた、また怪我でもしたの？」

「冗談だろ？　スーツ姿でパイプ椅子に座っているおれを見て、よくそう思うな」

ぼんやりとした顔の母に呆れて笑う。

こんな時でも母は自分より息子の心配をしてしまうようだ。

詳しく話を聞くと、前日に路上で意識を失って以降、全く何も覚えていないらしい。

大したことではないと伝えて安心させてから、ゆっくりと状況を説明した。

「そうだったんだ……しんどいとは思っていたけど、まさかそんなことになってたなんて。道端で倒れるなんて格好悪いわ」

「道端で良かったんだよ。家で倒れていたら誰にも発見されなかった」

実際の話、脳内出血は一秒でも早く対処したほうが助かる可能性が高い。

母も軽度とはいえ、そのまま放っておかれたら危ないところだったと医師も話していた。

「随分と高血圧だったらしいけど、自覚はあったのか？」

「自覚はなかったけど、血圧が高いのは検査の数値で知ってるよ」

「仕事が大変なのか？　ストレスがあるとか？」

「そんなに繊細《せんさい》じゃないよ。仕事もいつも通りだから」

「そう、じゃあ酒だな」

「あ、それは……うん、そうかも」

照れたように顔を赤くして笑う。

今年で五十三歳になる母は、父が生きていた頃から近所の食品加工工場に勤めている。息子が警察官になってからも、工場には友達もいるし、家に籠《こ》もっていても張り合いがないからと毎日勤務を続けていた。

そして父が亡くなった後は、毎晩のように飲酒をするようになった。泥酔《でいすい》するほどではないが、軽く一杯、もう一杯が止められないらしい。寂しさを紛らわせるためか、憂《う》さ晴らしのためか、元々遠慮をしていただけなのかは知らない。

お陰で一人になってからは、食事も酒の肴《さかな》のような物しか食べなくなっていた。

「どうせ言っても聞かないだろうけど、少しは控えたほうがいいよ。酒も塩も油も」

「聞くわよ。またこんな目に遭ったら堪んないわ。これからは大根おろしを食べて生きていくわ」

「なんで大根おろし？」

「テレビで良いって言ってたから。あと千切りキャベツも。毎日どんぶり一杯食べたら痩《や》せて健康になるんだって」

「そりゃあ、それだけ食べていたら満腹にもなる」

「義松こそ、ちゃんと食べてるの？」

「コンビニとスーパーマーケットを行ったり来たりしているけど、特に問題ないよ。健康診断の結果も良好だ。反面教師で酒も飲まないしな」

「一言多いわよ。仕事は？」

「今はオリンピックの警備係」

「オリンピックって？」

「東京オリンピックだよ。今週末から始まるだろ」

「ああ、そっか……」

母は意外にも素っ気ない反応を見せる。

友達も多く、テレビもよく観ているはずの母が、東京オリンピックに関心がないとは思えない。

このタイミングともあって、脳に何か障害を負ったのではないかと心配になった。

「まさか母さん、知らなかったわけじゃないよな？」

「そりゃ知ってるよ。何年も前から話題になっているんだから。去年は延期になったし、今年になってからもあれだけ揉めていたんだから」

「じゃあ興味がないのか？　おれが家にいた頃は、よくテレビでスポーツ番組を観ていたのに。前のリオデジャネイロ・オリンピックも……」

「もちろん観てたわ。でも東京オリンピックはねぇ……」

母はそう言ってやや顔を曇らせる。

「……お義母《かあ》さんがお嫌いだったんだよ」

「お義母さんって、お祖母《ばあ》ちゃんが？」

「そう、お父ちゃんのほうのお義母さんがね」

父方の祖母のことは記憶にない。

以前から話に出ることもあまりなく、もう随分前に亡くなったと聞いていた。

「昔、韓国のソウルでオリンピックをやったことがあったんだけど、その際にテレビで観ていたらえらく怒鳴られたのよ。そんなもの観るんじゃない、早く消しなさいって」

「そんなに？」

「そう。わたしも凄く驚いちゃった。でも結婚してすぐだったから何も言い返せなくて、すいません、すいませんって謝るしかなかったわ」

「お祖母ちゃん、スポーツが嫌いだったのか？」

「そんなことないわよ。だってプロ野球の試合は毎晩観ていたんだから。お義母さんはオリンピックだけが大嫌いだったのよ。お父ちゃんに聞いたら、確かにうちでは観たことなかったなぁって。先に言ってくれれば良かったのに、あの人っていつも何か起きてから言うのよね」

母は理不尽な目に遭ったというのに楽しげに語る。

遠い昔の話だからか、亡き父が登場する話だからかもしれない。

本人は気づいていないようだが、母はいつも父の話を過去形ではなく現在進行形で話す。

たぶん、今も側《そば》にいるつもりなのだろう。

「お祖母ちゃんは、どうしてオリンピックだけをそんなに嫌っていたんだ？」

「それよ、それがどうも東京オリンピックのせいらしいの」

「東京オリンピック？　お祖母ちゃんの話だぞ？」

「今じゃないほうよ。いつだっけ？　何十年前にもあったんでしょ？」

「ああ、一九六四年、五十七年前のほうか」

「あんた、なんでそんなに詳しいの？　わたしだって生まれる前のことなのに」

「仕事で担当しているって言っただろ。中身は知らないけど数字は覚えているんだよ。でも昔の東京オリンピックとお祖母ちゃんに何の関係があるんだ？」

「同じ年に、ご両親が離婚したんだって」

「ええと、お祖母ちゃんの親ってことか」

自分にとっては曾祖父母《そうそふぼ》にあたる、ほとんどご先祖さまのような人たちだ。

「お父ちゃんから聞いたわ。子供の頃に離婚されて大変な苦労をしたって。だからオリンピックになると機嫌が悪くなるんだって」

「そんな理由が……でもそれ、オリンピック関係ないだろ」

「思い出すんじゃない？　世間の賑《にぎ》やかな声を聞いたら、自分が不幸だった頃のことを。お義母さん、ご両親が離婚されてからは母親に引き取られたみたい。女手だから余計に暮らしが大変だったんでしょ」

「父親は？」

「さあ？　大工さんとか言ってた気がするけど……まぁ、妻子を捨てるようなろくでなしだったんだろうね」

「そういうことだろうな」

孫の妻と曾孫《ひまご》からそう言われるのも情けない話だ。

「だからお義母さんがいる間、オリンピックは禁句だったのよ。特に東京オリンピックなんて、聞くだけでぞっとするわ」

「母さんがそう思うなんて、かなり怖い人だったんだな」

「そうね。厳しいし、細かいし、すぐに怒るし。もうあんたも大人だから正直に言うけど、わたしとは全然合わない人だったわ」

「おれは知らなくて良かったよ」

「知らなくてって？」

「お祖母ちゃんのこと。随分前に亡くなったんだろ？」

「え？　あ、ああ……あんた、覚えてないんだ」

母は控えめに驚いた声を上げる。

「お義母さんが亡くなったのは、義松が生まれたあとよ」

「あれ、そうだっけ？　でもおれ知らないぞ？」

「いつだっけ？　それもオリンピックの年だよ。ええと、スペインのバレンタインとかいう……」

「バルセロナ・オリンピックの年か」

一九九二年の開催なので、二十九年前になる。

「そう、それ。だからあんたも生まれていたでしょ。あんなに可愛がられていたのにねぇ」

「でも一歳じゃさすがに覚えていないよ。おれは好かれていたのか？」

「そりゃもう、えらいもんよ。腹が空いてんじゃないかだの、おしめが濡れてんじゃないかだの。笑えば美少年になる、泣けば演歌歌手になる、動けば野球選手になる、何か言えば学者の先生になるって。初孫だったからねぇ」

「何一つ実現できなくて申し訳ないな」

「大体、義松って名前もお義母さんが付けたんだから」

「え、そうなのか？」

「当たり前じゃない。わたしはもっと可愛い名前が良かったのに。そんな戦国時代みたいに古臭くて偉そうな名前、本当にひどかったわ」

「そんなこと言うなよ……」

東京オリンピックをきっかけに、知らなかった家庭の事実が次々と判明していく。

まさか三十年来の名前を母親から貶《けな》されるとは思わなかった。

「でもまぁ、そうだったんだね。あんた、お義母さんのこと覚えていなかったんだねぇ母は繰り返しそうつぶやいて、くすくすと楽しげに笑った。

「ざまぁみろだわ」

「……」

九

母は心配していたよりも元気そうだったが、経過観察のために二、三日入院することになった。

その間の着替えや用事は、桃ちゃんという同じ職場の友達に頼むから問題ないとのことだった。

桃ちゃんは鳥栖《とす》桃子《ももこ》という近所の女性で、同じく夫に先立たれて娘も既に嫁《とつ》いだ独り身らしい。

母は彼女と、『危なくなっても子供の手は借りない』という誓いを立てて、お互いに支え合っているそうだ。

この時期に特警本部の仕事を休むわけにもいかないので、その心意気は正直言って助かる。

母も始終息子と顔を付き合わせているよりはそのほうが気楽でいられるだろう。

それで、午前中に駆けつけてくれた桃ちゃんに何度も頭を下げて、後事を任せて急ぎ足で病院から立ち去った。

病院を出てからは浪坂副部長に復帰のメールを送信した後、藍花に電話をかけた。

「藍花か？　お疲れさま。今終わったところだよ」

『お疲れさま。お母さんの具合は？』

「大丈夫。症状も軽くて後遺症もなさそうだ。朝から元気で会話も普通にこなせていたよ」

『そうなんだ！　良かったね！』

「悪かった……こんな時なのに、色々と面倒かけて」

『何言ってんの。義松も無理しないでね』

藍花の明るい声に励まされて、ほっと溜息をつく。

昨夜は札幌でジンギスカンを食べることもなく、一緒に東京まで戻って空港で別れた。どうせ帰る予定だったたし、一人で食べても面白くないからと言っていたが、母が倒れたと聞いて動揺した相棒を心配して付き合ってくれたのだろう。

彼女はいつもごく自然な態度でそういう行動が取れる人だった。

「朝の会議はどうだった？　進展はあったか？」

『時計台の放火犯はまだ捕まっていないみたい。例の、国立競技場を爆破するって犯行声明文も話に出たけど、今のところ捜査は道警が行うことになっているって』

「世間に隠し通したままで解決させるつもりか。マスコミもほとんど話題にしていないようだな」

『そっちはＩＣＢＳのテロ予告で持ちきりみたい。政府の対応は後手に回っているとか、警察の警備態勢では不十分だとか、各国はオリンピックへの不参加も検討しているとか、しきりと煽《あお》って盛り上がっているよ』

「どっちの味方をしているんだか……テロ対の見解は？」

『あらゆる外交ルートを通じて最大限の対応に当たっているって』

「それって単なる公式発表だろ？」

『特警本部の会議でも同じだよ。あっちはあっちで政府や大会組織委員会と直接やり取りをしているみたい。時間がないからって、うちの本部長も認めているらしいよ』

藍花の溜息が耳元で聞こえる。

特警本部が発足した直後、本部長は東京オリンピックの成功に向けて、警察もワン・チームで警備に取り組むと発言していたのを覚えている。

しかし実際の現場では、その言葉とは随分とかけ離れた組織網《もう》が形成されていた。ワン・チームとは情報を共有することや、捜査を一元管理することではなく、同じ看板をたくさん作って皆で掲げようという程度の意味だったのだろう。

『義松、午後からも会議があるけど、どうする？』

「議題は？」

『悪質なユーチューバーと、ＳＮＳを使って拡散されるデマ情報への対応、だったかな？　サイバー・セキュリティ・プロテクト本部の人も来るらしいけど』

「……そっちは藍花に任せる。おれはちょっと外回りしてくる。今日は特警本部に行くのは止めておくよ」

『ずるいよ、それ』

「二人とも出席しなかったら浪坂さんに叱《しか》られるだろ。よろしく」

藍花はまだ不満を訴えていたが、通話を切ってスマートフォンをポケットにしまう。ワン・チームには悪いが、今さらデマ対応に時間を費やしている状況ではない。

時計台の事件以降、たびたび頭に思い浮かぶ気掛かりなことを捜査するほうが先だと思った。

十

代々木駅を北口から出て西側の路地を抜けると、新旧の飲食店が建ち並ぶ細い通りに差しかかる。

特に喫茶店の数が多く、入れ替わりの激しいチェーン店から老舗《しにせ》の個人店まで、グーグルマップでもピックアップされないような小さな店もあちこちに点在していた。

相手から指定されたのは、その中でも特に目立たない一軒だった。

隠れ家のような立地で客も少なく、騒がしくないので選ばれたのだろう。

待ち合わせ時刻の五分前に到着したので、先に店へ入って奥の席でコーヒーを注文する。

種類は豊富にあったが、結局は無難なブレンドコーヒーを選んだ。

店内は暗いオレンジ色の照明に、ベロア生地の赤いソファが置かれた昔ながらの純喫茶だった。

入口の見える位置に着席して、わずかな緊張に体を強張《こわば》らせて相手を待つ。

奥の席を選んだのも、窓際の席では外への警戒がおろそかになると思ったからだ。

十分ほど経ったが新たな来客はなく、先にいた黒いスーツの男がテーブル上の伝票を取って席を立つのが見えた。

そのままレジで会計を済ませて店を出るものと思っていたら、ふいにこちらを振り返って近づいてきた。

「やぁ、お待たせ。足利くん、だったかな?」

「え?　あ……どうも、赤月《あかつき》さん」

慌てて席から腰を上げて挨拶する。

待ち合わせの相手、赤月暮太《くれた》は軽くうなずいて向かいの席に腰を下ろした。

短髪に狼のような鋭い目つきをしており、細身に見えるが体形はプロボクサーのようにがっしりとしている。

初手から、やられた、と感じた。

彼は先に店に来ていたが、こちらに背を向けていたのでその存在には全く気づかなかった。

それだけでなく、彼はこちらの来店時にも顔を向けることなく、人を捜しているような振る舞いも見せていなかった。

からかっているのではなく、相手も警戒してのことだろう。

「久しぶりだね。いきなり連絡をくれたからびっくりしたよ。元気だったかい？」

「まぁ……赤月さんも変わりないようで」

「お陰さまで。しばらく規則正しい生活を送っていたからね」

「……今は、どこで何を？」

「うーん、出版関係。この近くでね。雑誌の副編集長をしているよ」

「……『哲槌《てっつい》』ですか？」

そう尋ねたが赤月は肯定も否定もせず、店員に新しくコーヒーを注文していた。

『哲槌』は哲槌社から隔週で発行されている機関誌の名前だ。

機関誌とは、政党をはじめ、政治、社会、経済、宗教などの各団体が発行している雑誌のことであり、会員や組織の構成員、あるいは一般人に向けて配布されている。

哲槌社は、新日本革命主義連合《しんにっぽんかくめいしゅぎれんごう》・通称『新革《しんかく》』という団体を運営母体としているが、これは六〇年代に登場した新左翼の一派だ。

暴力による社会革命を標榜《ひょうぼう》している過激派の集団で、公安の調査対象組織にも含まれていた。

「足利くんの仕事は？　まだ警視庁の刑事をやっているの？」

「そうですね。でも今はオリンピックの警備係に出向しています」

「ああ、特別警備本部だっけ？　浪坂卓さんが率いているとか」

「よく知っていますね」

報道発表資料にも公表されている情報なので赤月が知っていても不思議ではない。

ただ、すらすらと答えられるところが不気味だった。

哲槌社に勤務する赤月暮太も、当然ながら新革のメンバーだ。

本名は船村《ふなむら》信介《しんすけ》で、年齢は十歳上の四十歳になる。

東大の法学部卒だが、官僚主義の国家を否定し、衰退著しい新革の立て直しを図っている。

そして彼こそが、四年前の新宿爆破未遂事件で偶然捕らえたテロリストだった。

「赤月さんが出たのは昨年末って聞きましたけど」

過激派の犯罪者であっても、出所すれば一般市民だ。

刑事部の先輩方のように『おいこら』な物言いはできず、そんな性格でもなかった。

「そう。模範囚だったからね。ちょうど翻訳したかった本の仕事があったんだ。作業に没頭《ぼっとう》できて充実した時間を過ごせたよ」

赤月は目を落として店員が運んできたコーヒーをゆっくりと味わってから、改めて口を開いた。

「それで、ぼくに聞きたいことって何？」

「それが……ＩＣＢＳって知っていますか？」

「中東のテログループのことなら、もちろん知っているよ。今は大変な騒ぎだからね」

「それ以上のことは？」

「どういうこと？」

「新革との関わりについてです」

単刀直入に切り出したが、赤月は動揺を見せることなく興味深げにこちらを見つめていた。

「あるよ。今年に入ってからは頻繁《ひんぱん》に連絡が来ているらしい」

「やっぱり、そうですか」

「でも繋がりがあるのは新革だけじゃないと思うよ。うちが乗り気でないのを察して諦めたんだろう。例の動画については何も知らないよ」

「なぜ協力する気が起きないんですか？」

「オリンピックでのテロ計画に？」

「それに便乗して、国家転覆の行動を起こすことです」

「怖いよ、足利くん。危ない危ない、警察に聞かれたらどうするの」

赤月は戯《ふざ》けるようにそう言って笑う。

「答えは、今きみが言った通りだよ。うちが他人の騒動に便乗するはずがないよ」

「プライドが許さないってことですか？」

「主義が違うってことだよ。新革が望んでいるのは国家転覆ではなくて革命だ。国を破壊したいわけじゃない。この国のシステムを変えたいんだ。暴力もそのための手段に過ぎない。何でもかんでもをぶっ潰したい奴らの手助けをするわけにはいかないよ」

「だけど『哲槌』ではオリンピックの反対を表明されていましたよね？　おれ読みましたよ」

「反・経済至上主義の立場から、政治と金にまみれた運動会なんて不要だと訴えているんだ。あんな大会のために国はいくら税金を費やした？　それでどれだけの利益を、国民には決して還元されない金と名誉を得るつもりだ？　そんな金があれば貧困に喘《あえ》ぐ人々をどれだけ救えたか、明日にも失われる命をどれだけ救えたか。去年から続く騒動《そうどう》を体験しても彼らはまるで分かっていないんだよ」

　去年の二〇二〇年、世界は新型コロナウィルスの感染症により未曾有《みぞう》の危機に直面した。

　日本においても全国に緊急事態宣言が発令され、学校は休校となり企業は在宅勤務へとシフトし、夜の町や観光地から人の姿はなくなった。

　そして夏に開催が予定されていた東京オリンピック・パラリンピックも史上初の延期が決定した。

それは同時に、特警本部の一年延期にも繋がっていた。

「一体誰が、こんなオリンピックを望んでいるんだ？　どれだけ国民を蔑《ないがし》ろにするつもりだ？　ぼくらが反対を主張しているのは、より現実的でごく当たり前の感情によるものだよ」

「少なくとも、ＩＣＢＳにその意識はないでしょうね」

「あれは単なるクズの集まりだ。偉そうに講釈を垂れているけど、奴らには国家観も宗教観もない。銃と爆弾で脅して金品を巻き上げる短絡的な盗賊だ。そんなのと付き合っていたら、新革まで同じ穴の狢《むじな》と思われる。だから絶対に協力できないんだよ」

赤月は淡々とした口調で丁寧に説明する。

同じ過激派組織でありながらも思想は全く違うということらしい。

警察官としてはその理屈を受け入れるわけにはいかないが、自分には反論できる頭も言葉も持ち合わせておらず、今はその必要もない。

求めているのは、新革が本当に何も企んでいないという確信だけだった。

「赤月さんの話はよく分かりました」

「それは良かった。でもきみは信じていないだろ？」

「それは、まぁ……ＩＣＢＳと連絡を取り合っていると言われると」

「疑わしきは罰せず、だよ」

「罰するのはおれの仕事じゃないんで。おれは疑うだけです」

「正直に話してもこれだもんなぁ」

　赤月は初めから分かっていたかのように笑う。

　こちらの緊張をよそに、彼はこの場のやり取りを楽しんでいるように見えた。

「じゃあ、次はぼくから質問だ。足利くんは、どうして新革を疑っているんだい？」

「疑われる理由は分かりますよね？」

「そうじゃない。国内の反権力組織といえば他にもたくさんあるじゃないか。それなのにきみは、昨日のＩＣＢＳからの犯行声明を受けて、真っ先にぼくの元へやって来た。その理由はなんだい？　一度捕まえたことのあるぼくなら言うことを聞くと思ったのかい？」

「まさか。今日もお目にかかれるとは思ってもいませんでした」

「そうだよね。ぼくと友達ってつもりもないだろうし」

「おれが新革を疑ったのは、ＩＣＢＳの動画を視聴した時です。その中で、奴らは聖なる鉄槌を下すと言っていたからです」

「聖なる鉄槌から、新革の哲槌を思い出したって？　だけどそれは意訳だろ？　それにうちとは字も意味も異なっている」

「仰る通りです」

「誤魔化しちゃいけないよ、足利くん。きみはそこまで単純な人じゃない。理由は他にもあったはずだ」

「他は……答えなきゃいけませんか？」

「教えてくれなければ、ぼくもこれ以上は何も話せないよ」

赤月は含みを持たせた言い方をする。

まだ何か隠していることがあるのだろうか？

やはり一筋縄ではいかない男だった。

「……赤月さんは、昨日、ＩＣＢＳが犯行声明を出す少し前に、札幌の時計台でボヤ騒ぎがあったのは知っていますか？」

「時計台？　ああ、ニュースで観たよ。確か壁の一部が焼けたとか」

「あの火災、実は放火だったんです。建物の外にいつの間にか置かれていた段ボール箱から出火していました。さらに、その箱の下には、犯人が残したものと思われる犯行声明文を書いたメモが挿し込まれていました」

「その情報は出回っていないようだね。何て書いてあったんだい？」

「東京オリンピックを中止にしなければ、国立競技場を爆破するという内容でした」

「穏やかな話じゃないね。国立競技場と言えば新築したオリンピックスタジアムのことだ。それで？」

「さらに、段ボール箱の中には時限式の発火装置が組み込まれていました。置き時計の針が動いて目的の時刻になると、乾電池から火花が飛んでガソリンに引火する仕組みです」

「聞き覚えのある装置だ」

「新革の『惑惑《わくわく》時計』です」

「なるほど」

赤月は納得した表情でソファに背を預けた。

『惑惑時計』は六〇年代に新革が出版した冊子の名称だ。

ホチキスで閉じられた三十ページほどのテキストで、新革の思想を社会に訴える目的で制作されたものだが、その中には暴力革命の実現に向けたゲリラ戦法のやり方や、火炎瓶《びん》や爆弾の製造方法なども紹介されていた。

特に時限爆弾は図解付きで細かく解説されており、置き時計やガソリンなど身の回りの物を用いることで、知識がなくても簡単に作れるとされていた。

ただし、この装置自体は新革の発明ではなく、以前から使用されていた物だったらしい。

問題は冊子にまとめて広く配布されたことにあり、当時としては極めて画期的な取り組みとして警察を震撼《しんかん》させた。

その結果、新革とは思想の異なる過激派や一般人の間でも広く知れ渡ることとなり、実際に使用した爆弾テロ事件も何件となく発生した。

以来『惑惑時計』は時限爆弾そのものの呼び名として裏界隈で定着した。

「足利くんも『惑惑時計』なんて古い物をよく知っているね。ぼくですら生まれる前の出来事なのに」

「警察学校で習いますから。過激派の歴史として」

「だけど、あれは別に新革が特許を取得しているわけでもない。今時そんな物を知らなくても、ネットで検索すれば似たような物がレシピ付きでいくらでも手に入るよね。『惑惑時計』が使われたから新革の仕業《しわざ》だと考えるのは安直《あんちょく》すぎるよ」

「だけど疑う要素の一つにはなりますよ」

「つまり足利くんは、時計台の放火現場に残された犯行声明文を読んで、これがオリンピックを標的にしたテロ事件だと知った。さらに『惑惑時計』と同じ装置を見て、新革が関係していると疑った。そしてICBSのテロ予告動画を観て、両者が手を組んだ可能性があると思い、真偽のほどを確かめるべくぼくと会うことにした」

「話が早くて助かります」

「推理は強引だし、刑事の立場からぼくと会うのはリスクがある。それでも事を急いだのは……オリンピックの開幕まであと三日しかないこの状況では、迷うより動くべきだと判断したからだ」

「その通りですけど、それだけじゃありません」

そう答えると、赤月はわずかに目を大きくさせた。

「……赤月さんなら、協力してもらえそうな気がしたからです」

「それはまた、どうして？」

「四年前、赤月さんは新宿で首相を狙った爆弾テロ事件を起こそうとしました。おれは偶然、警備巡回の際にあなたが気になって職務質問をして、結果あなたの犯行を未然に防ぐことができました」

「もちろん、よく覚えているよ」

「……あれ、偶然ではなかったんじゃないですか？」

当時、赤月の何が気になったのかは思い出せない。

暗い顔をしてうつむき加減で歩いていたからだが、そんな人間は大勢いる。

何度も見かけたから声をかけてみたが、それだけではなかったかもしれない。

「赤月さんは、本当はテロ事件なんて起こしたくなかった。手投げ弾で首相を襲ってもこの国は何も変わらないし、社会の誰からも賛同は得られない。もうそんな時代じゃない。ただ過激派の危険性を知らしめて、新革が壊滅させられるだけだと思っていた」

赤月にそれが分からなかったとは思えない。

「だけど、赤月さんはテロ事件を起こさなければならなかった。どんな事情があったのかは知りませんが、やらなければならなかった。それであなたは、実行すると見せかけて、わざと警察に捕まることにした。あれはおれのラッキーでもなければ、あなたの不運でもない。新革を守るための作戦だったんだ」

そう断言すると、赤月は少しうつむいてから、ゆっくりと溜息をついた。

「……結局、夢を見るのはいつも老人なんだよね」

「夢？」

「近頃の若者は夢がないとか言われているけど、若者には元々夢がないんだよ。だって彼らが見ているのは全て現実、将来のことも達成する予定の現実なんだよ。夢というのは過去がないと生まれない。かつての栄光を経験しているから、未来に夢を抱くんだよ。足利くんはそう思わないか？」

「……分かるような気がします」

「東京オリンピックもそう、安保闘争もそう。老人が思い描くあの頃の夢だ。枯渇《こかつ》した想像力で大風呂敷を広げて、良かれと思って、自分たちが輝いていた時代を取り戻そうと躍起《やっき》になる。時代錯誤も甚《はなは》だしいが、権力と財力があるから誰も逆らえない。お陰で若者は巻き込まれて、引きずり回されて、尻拭いに奔走《ほんそう》させられるか、仕方なく利用するしかなくなってしまう。だから歪《いびつ》な現実が生まれてしまうんだよ」

「やっぱり、あれは本心ではなかったんですね」

赤月はそれを認めることはなく、恐らく初めて偽りのない笑みを浮かべた。

「お互い、苦労するよねぇ」

会話というのは駆け引きだ。

無口にしていれば無口な回答しか得られず、寡黙《かもく》なままでは相手も心を開かない。

しかし突っ込んだ話は相手が乗ってくれる場合もあるが、一瞬にして壁を作られてしまう危険性もある。

ただ、少なくとも今回は思い切った話を持ち出したことで、赤月の態度にいくらか変化を与えることができたようだ。

「足利くんは、【みちびきの郷《さと》】という場所を知っているかい？」

「みちびきの郷……いえ、初耳です」

「富士山の裾野《すその》にある百人ほどのコミュニティだ。三苫空良《みとまそら》という人が村長で自給自足の生活を送り、自然農法で育てた農作物などを作って町で販売している。外部との接点はほとんど持たない。電気も引いていないし、電話もない。そういう、まぁ幸せな人たちの村だよ」

「何ですか？　宗教団体ですか？」

「そうではないと言っている。法人格も取得していないらしい」

「それが何か？」

「三か月ほど前に、そこの人間と名乗る人物が新革の事務所にやってきて、うちの老人と何か話をしたそうだ」

「新革に？」

「話の中身は知らないし、知っていてもきみには教えられない。しかしぼくが知る限り、こんなことは今までなかった」

「そんな集団の人間が、どうして新革の老人……幹部ですか？　それと接触できるんですか？　みちびきの郷と新革に何か繋がりがあるんですか？」

「村長の三苦さんは元・新革だ。しかも創設メンバーの一人だった。とうの昔に脱退したらしいけどね」

「脱退した創設メンバー……」

「そして、みちびきの郷は十年前まで福島県の山奥にあった。二〇一一年に東日本大震災で原発事故が起きた際、避難区域に含まれて移転を余儀なくされたらしい。文明社会から隔絶された山奥で生活を営んできたのに、国が作った文明社会の象徴たる原発の事故に巻き込まれるなんて、皮肉な話だね」

元・過激派メンバーが作ったコミュニティ、理不尽な理由で住処を追われた人たち、新革の幹部に急接近した理由。

陰謀めいたものを感じずにはいられなかった。

「……つまり、同じく国の主導で開催される東京オリンピックに恨《うら》みを抱いても不思議ではないと？」

「疑うのは足利くんの仕事だろ？　ぼくは何も知らない。あくまで事実を伝えたまでだよ」

赤月はそう言うとコーヒーを飲み干して席を立った。

「ぼくからの話は以上だ。今日は楽しかったよ」

「……どうして、そんな話をおれにしてくれたんですか？」

「きみも手ぶらじゃ帰れないだろう」

「まぁ、そうですけど」

「一つは身に覚えのないことで警察に疑われては迷惑だから。うちの老人にもうそんな気力はない。テロ事件には一切関わっていないから話した。もう一つは、足利くんが無意味な捜査で時間を費やしているのがかわいそうに思ったから」

赤月はテーブルから二枚の伝票をつまみとる。

「あと一つは、思想はともかくとして、ぼくはオリンピックが好きだから」

「あ、伝票はいいです」

「こんなもの経費では落とせないよ」

ぞっとするほど事情に詳しい。

後ろを追おうと続けて立ち上がると、ポケットに入れていたスマートフォンが震えた。取り出して目を落とすと、浪坂からの着信だった。

『浪坂だ。今大丈夫か？　母親はどうだ？』

「問題ないです。ご心配をおかけしました」

赤月は既にレジで会計を行っているが、浪坂と電話をしている間は近づくわけにもいかない。

「浪坂さん。ちょっと今、立て込んでいるので。かけ直してもいいですか？」

『福島県の野球場で爆発事件が発生した。負傷者が多数いるようだ』

「え？」

スマートフォンを握り締めて、その場で足を止める。

赤月はこちらに向かって片手を上げると、そのまま悠々《ゆうゆう》と店を去って行った。

『阿桜にも伝えておいた。至急向かってくれ。現場と話はつけておく』

浪坂はそう言うと、こちらの返答を待たずに電話を切った。

十一

「いやもう、本当にヤバイことになりました」

福島県警、刑事部の猿谷《さるたに》という男は開口一番、緊張の面持ちでそう言った。

両サイドを刈り上げた髪型に黒縁の眼鏡を掛けた、恐らくまだ二十代の若い刑事だ。

既に日も暮れた午後七時過ぎに、三年前に新築されたという県警庁舎内の鑑識課に着いた。

事件現場は既に撤収されたと聞いたので、途中で合流した阿桜藍花とともにやって来た。

「お陰で県警内は大騒ぎです。外もマスコミが一杯で、八時半には警察から公式発表が行われるって。特警本部のお二人も上司が出迎えるはずでしたが、それどころじゃなくなったので下《した》っ端《ぱ》のおれが押し付けられました。どうもすいません」

「おれたちだって下っ端だよ。現場の球場もオリンピックの競技会場に使用されるんだよな？」

「そうです。男子の野球と女子のソフトボール。ソフトボールなんて、明日の午前九時に開始ですよ。開会式の前から行われるんです」

「予定通りに行われるんでしょうか？」

藍花が尋ねると、猿谷は首を傾げつつもうなずいた。

「さあ、それはどうでしょう。上がどう判断するかですが、今さら中止か延期でもされたら一大事ですよ。球場内とその周辺は現時点でもう完全に立ち入り禁止です」

事件は今日の午後、この庁舎から南西へ十キロほど離れた【福島県営あづま球場】内にて発生した。

当時、球場では東京パラリンピックの開催を記念して、身体障害者野球の親睦《しんぼく》大会が行われていた。

平日とあって参加は四チームと少なく、トーナメント形式で三位戦も含めて全四試合が行われる予定となっていた。

そしてグラウンドで決勝戦が行われていた午後四時過ぎ、スタンド裏の男子更衣室内で突如爆発と火災が発生、室内にいた複数の選手と関係者が巻き込まれた。

野球大会の運営者はすぐに救急と警察に通報、試合は中止となり、球場内にいたおよそ三百五十人は建物の外へと避難した。

この事件により更衣室にいた選手二人が腕や足などに火傷を負う重傷、同じく二人が転倒により骨折の重傷、さらに選手と関係者を含めて八人が軽傷を負って病院へ搬送された。

駆けつけた警察は即座に球場を閉鎖、現場から爆発物を回収し捜査を開始した。

「捜査一課は現在、野球大会の運営責任者から事情を聞いているところです。幸い被害者の中に命が危ない人はいないみたいです」

猿谷は長テーブルの上に置いたノートパソコンを操作しながら説明する。

鑑識課の外では廊下を慌ただしく走り抜ける音が幾度《いくど》となく聞こえている。

相当、混乱している様子は雰囲気からも感じていた。

「猿谷さん、爆発したのはどのような物だったのですか？」

隣でパイプ椅子に腰かけた藍花が質問する。

「段ボール箱に入っていたガソリンに火がついて爆発しました。更衣室内にいつの間にか置かれていたって」

「段ボール箱……しかし、いつの間にかとは、どういうことですか？」

「ジュースやお茶の入っている段ボール箱に偽装されていました。二リットルのペットボトルが六本入る、酒店やスーパーマーケットでよく見かける物です」

「箱を開けて中を確認しようとした人はいなかったのですか？」

「四チーム合わせて五十三人の選手がひっきりなしに出入りして、着替えたり飯を食ったりしていたんですよ。それでみんな、別のチームか自分の知らない人が置いていった物と勝手に思い込んでいたみたいです。実際、同じような段ボール箱に入ったお茶や菓子の詰め合わせなども差し入れとして並んで置かれていました。でも他の物については持ち込んだ人もそれぞれ判明しています」

状況を想像すると、ぞっとさせられる。

誰が、いつ、どこで遭遇しても不思議ではないテロの恐怖を改めて感じた。

見えているのに気づかない、心理的盲点《もうてん》をついたトリックだ。

「更衣室内ということは、出入りしていた人間は調べられませんか？　野球大会の選手と関係者と、応援に来た人も含まれますか？」

「大会参加者の名簿を回収したので、選手や関係者の所在は全て分かります。だけど、応援に来た人まで割り出せるかどうか。大会の開催中は球場を無料開放していたんですよ。爆発が起きた男子更衣室も施錠《せじょう》はされていなかったようで、実際に選手じゃない人たちもたくさん訪れていたようです。その中には女性も含まれています」

「では外部から無関係な人物が侵入することもできましたか？」

「不可能ではなかったと思います。平日の昼間だし、大々的なイベントでもなかったので、来場者の大半は身内やその友達だったはずです。でも散歩中の人でも、暇潰しの営業マンでも、こっそり紛《まぎ》れ込むことはできたと思います」

「警備員もいなかったんですか？」

「施設に常駐している警備会社の者がいましたけど、そんな状況では警備のしようもなかったと思います。定期的な巡回と不審物の確認は行っていたらしいっすけど」

「差し入れと言って持ち込まれた物の中身までは調べていないでしょうね。現場で犯人を取り押さえられなかったのが悔やまれます」

藍花は強く唇を結ぶ。

男子更衣室という閉鎖的な現場での事件かと思ったが、実際には屋外と変わらないほど開放的な状況で発生したものらしい。

参加者の中に犯人がいる可能性は高そうだが、証拠と動機を確定させて犯行の事実を明らかにできるまでには相当時間がかかるだろう。

「本当に、悔しいです……オリンピックのためにみんな頑張って準備してきたのに。あづま球場だって、一昨年に改修工事を終えて綺麗《きれい》になったところだったんですよ」

猿谷は顔をしかめて怒りを嚙み殺すように歯を食いしばっている。

「おれ、高校の頃は野球部だったんで、あの球場で試合したこともあるんです。だから思い入れもあって、それなのに、大会直前になってこんな事件が起きるなんて。また福島を貶《おとし》めるような真似をしやがって……」

「ふざけた野郎はどこにでもいる。その状況では防ぎようがなかったよ」

藍花に代わって猿谷を励ます。

彼は、そうっすね、と短くつぶやいた。

「とにかく参加者と来場者に総当たりで聞き込みするしかない。それぞれが顔見知りでなくても、どこかで繋がりがあったはずだ。関係性を洗っていけば犯人も見えてくるかもしれない」

「分かっています。捜査一課もまずはそこから攻め込むみたいです」

「ただ、おれたちの目的はオリンピックに関する事件の対応と警備だ。そのために警視庁からここまでやって来た。猿谷くん、きみは今回の野球場での事件はオリンピックに関係していると思うか？　それとも野球大会だけを狙った事件だと思うか？」

「いや、これはオリンピックを標的にした事件っすよ。だから普段は動きの鈍い上からもガンガン言われているんです」

「上はいつでもガンガン言ってくるよ。オリンピックが関係していると判断した理由は？　野球場が競技会場に選ばれていることと、パラリンピックにちなんだイベントの最中に事件が発生したからか？」

「いや、違います。脅迫状が残されていたからです」

「脅迫状？」

「爆発物の段ボール箱を持ち上げたら、紙が挟み込まれていたんです。そこに、東京オリンピックを中止せよ、開催すれば……」

「国立競技場を爆破する」

藍花があとに続いてつぶやく。

猿谷は目を大きくして彼女を見た。

「そ、そうです。え？　阿桜さんは誰から聞いたんすか？」

「猿谷さん、その爆発物は時限式の物でしたか？　定められた時刻になると爆発するようになっていたとか」

「そうっす。だから爆発した時にはもう現場に犯人はいなかったと思います。……だけど、どうしてそれを知っているんですか？　上の誰かがそこまで話したんですか？」

「いえ、だって昨日の札幌の事件で……」

「阿桜さん」

二人の間に不穏な空気が流れるのを感じて藍花を制したが、間に合わなかった。

猿谷は訝《いぶか》しげに眉根を寄せて彼女を見つめていた。

「札幌の事件って……何すか？」

「……札幌の時計台で放火未遂事件があったんですが、ご存じありませんでしたか？」

「いや、聞いてないっすよ。そんな話、県警に届いていませんよ」

猿谷はパイプ椅子から腰を上げる。

「どういうことですか？　札幌でも同じ事件が起きていたんですか？」

「同じかどうかはまだ分かりません」

「でも脅迫状があったんだろ？　何だそれ？　おい、あんたらも知ってたのか？」

猿谷の顔がみるみる赤みを帯びてくる。

逆に藍花の顔には困惑の色が浮かんでいた。

「ニュースでも報じられていたかと思いますが……」

「おれたちにテレビを観ておけって言うんですか！　何でそれがうちに伝わっていないんだよ！」

「猿谷さん、待って」

「あんたら、オリンピックの特警本部なんだろ？　協力体制はどうなったんだよ。オリンピックは東京だけのもんじゃないだろ！」

「わたしはてっきり、伝わっているものと思っていましたが……」

「さっきはお前らテレビ観てないのかって言ったじゃねぇか！」

「い、言ってません。わたし、そんなこと言ってません！」

「いい加減にしろよ！　昨日のうちに聞いていたら、おれたちだって対策が取れたんだぞ！」

「それは……本当にそうですか？」

藍花はふいに鋭い視線を猿谷に投げかける。

「昨日の今日ですよ？　動きの鈍い上の方々が、それほど迅速《じんそく》に対応できましたか？」

「どういう意味だよ。おい、県警を馬鹿にしてんのか？」

「そもそも防犯対策は日常的に取り組むべき業務です。ましてや明日からオリンピック競技に使用される会場を無警戒でいたことのほうが問題でしょう」

「おれたちが悪いって言うのか！」

「責任の所在を追及している場合ではないと言っているんです」

「うちの球場が爆破されたんだぞ！　障害者が大怪我したんだぞ！」

「猿谷くん」

激昂《げっこう》する猿谷を見かねて声を上げる。

藍花も引きそうになかったので、ここは止めるべきだと判断した。

「……悪かったよ。おれたちは全国に通達が入っているものだと思っていたけど、どこかで止まっていたらしい。怒るのも当然だ」

「そんな言い訳が通ると思ってんですか！」

猿谷は怒りの矛先をこちらに変えて睨《にら》み付ける。

自分が彼の立場だったら、きっと同じ態度を取るだろう。

だから目を逸《そ》らすわけにはいかなかった。

「通るわけないよ。実際に事件が起きているんだから」

「だったら！」

「でも、おれたちが喧嘩をしても仕方ないだろ？　上がどんな判断をしているのかは知らないけど、おれたちまで反発し合っていたら組織はガタガタになる」

「もうとっくにガタガタになってんじゃねぇか」

「それでも、野球場での事件がオリンピックを狙ったテロだというなら、特警本部は情報を得る必要があるんだよ」

「そっちは隠すくせに、こっちの情報はよこせって言うのか！」

「猿谷くんが応じてくれなければ、そっちの上に掛け合うしかなくなる。でもきみの顔を潰したくない」

「あんた……何様のつもりだよ。自分で何を言っているのか分かってんのか？」

「おれが言ってんのは、ふざけた爆弾テロの犯人を捕まえたいってことだけだよ。それ以外のことなんて、おれにとってはどうだっていいんだ」

そう正直に気持ちを述べると、猿谷は少し迷う素振りを見せる。

彼も刑事なら分かってくれるだろうと思った。

藍花も口を挟まずに黙っていてくれるようだ。

「なぁ、猿谷くん。きみがあづま球場のことを思っているように、おれだってオリンピックスタジアムを守りたいんだ。東京オリンピックでテロを起こさせるわけにはいかないんだよ。上のことなんて知らないよ。組織がガタガタでもやるしかないんだ。それがおれの役目なんだ」

「そんなの……おれだって同じですよ」

「それなら、爆発物の情報を提供してくれよ。こんなことで時間を食っている場合じゃないんだ。きみも、おれたちも」

「分かってますよ。うちはあんたらみたいな隠し事はしませんから。だけど、この件は上に報告しますよ。これはおれたちだけの問題じゃ済ませられないはずです」

「そうしてくれ。おれが文句を言うより効果はあるだろうから」

［上］、というのは不思議な存在だなと、ふと思う。

自分の思っている［上］と、猿谷が思っている［上］は同じ人物ではない。

地域も立場も性格も異なる別の人間であり、集団であるはずだ。

それなのに、想像している［上］の性質は全くと言っていいほど似通っている。

どちらも指示は強権的で、判断は鈍重で、行動は模範的で、緊急事態には脆弱《ぜいじゃく》で、ひたすらに本心を隠したがる。

新革の赤月暮太と話している時も、彼の語る［老人］から同じような雰囲気が感じられた。

これは［上］の本質であり、真理というものかもしれない。

そう考えていくと、たぶん反発するだけ無駄というものだろう。

猿谷はパイプ椅子に座り直してノートパソコンを操作していたが、ふと手を止めると藍花に向かって深々と頭を下げた。

「阿桜さん、さっきはすいませんでした」

「いえ……わたしこそ失礼しました」

藍花も膝に手を置いてぺこりとお辞儀した。

こんな彼らも、自分も、いつか［上］になってしまうのだろうか。

十二

「足利さん、これが爆発した段ボール箱っす」

猿谷がノートパソコンの画面をこちらに向ける。

そこには現場から回収した爆発物を撮影した画像が表示されていた。

スポーツドリンクのロゴが入った段ボール箱は、上半分が焼け焦げて無くなっている。

残った下半分には、赤色で大きく『○○ミシンジ様』という文字が読めた。

「この、ミシンジ様というのは？」

「カスミシンジ様、だと思います。焼けた蓋《ふた》の部分にも書かれていたって、爆発前に見た複数の人が証言しています。でもそんな名前の人はどこにもいませんでした」

「どこにもいない人の名前……とんでもない悪知恵だな」

つまり爆発物を架空の人物宛に届けた物と見せかけていたのだろう。

そう書かれていては、無関係な者は間違っても蓋を開けることがない。

カスミシンジという名前も有り得そうに見せかけているが、参加者の中に同姓同名の人物が存在する可能性は極めて少ない。

お陰で段ボール箱がそこにあることは誰もが知っていたが、誰にも触れられないまま堂々と置かれ続けていた。

「これが脅迫状です。札幌との事件と同じ物ですか？」

猿谷はマウスを操作して別の画像を表示させる。

白いコピー用紙に赤色の字で、『東京オリンピックヲ中止セヨ　開催スレバ国立競技場ヲ爆破スル』と書かれていた。

「全く同じだよ。手書きらしいけど、定規で書いたような字の形もそっくりだ」

「……段ボール箱の中身はこれです」

次の画像は箱を上から撮影した様子が映し出されている。

しかし大半が焼失しており、黒い煤《すす》が積もっているのでよく分からない。

猿谷は続けて、それぞれ内容物を取り出した画像を見せていった。

「ガソリンを入れたアルミ製の携行缶が入っていました。それと火薬を詰めた筒型の爆弾も。時限発火装置は置き時計を使った簡易な物です。時計の針が重なるとコードから火花が出るという……分かりますよね？」

「分かるよ。これも札幌の時計台で使われた物と同じだから。でも燃料はこっちのほうが多かったらしい。相当な威力があったはずだ」

言うまでもなく、新革の『惑惑時計』と同じ構造だ。

「そうだ。猿谷さん、この段ボール箱で、他の面を撮った画像はありませんか？」

藍花が思い出したように尋ねる。

猿谷は不思議そうな表情を見せつつ、画面上で撮影画像を一覧表示にして探し始めた。

「それです、そのバーコードが入っている画像を見せてください」

藍花が選んだのは、先程とは反対側の面を撮影した段ボール箱の画像だ。

それを一目見て、彼女が確認したかった理由がすぐに分かった。

段ボール箱の側面には、黄色の〇印が記されていた。

「足利くん、これ」

「同じだな。こっちも」

「何すかこれ？　札幌の爆発物にも書いてあったんですか？」

猿谷の質問に無言でうなずく。

時計台の側で焼け残っていた段ボール箱にも同じ印があった。

しかし、前者が箱にプリントされていた【男爵】の【男】を囲むように大きく記されていたことに対して、今回の物は無地の部分に小さく記されている。

つまり【男】の字を目立たせていたことに意味はなく、偶然そのように見えていただけのようだ。

加えて、前者は〇印に青色が使われていたが、今回は黄色になっている。

犯行声明文がどちらも同じ赤色の文字だったことを見ても、これは明らかな違いだった。

「オリンピック……」

その時、藍花が何かに気づいたようにつぶやく。

「これ、オリンピックの五輪じゃない？　時計台の時には青色の○で、今回は黄色の○だよ。五輪のマークは左から青色、黄色、黒色、緑色、赤色だから……」

「あと三箇所、爆破するつもりか。昨日は札幌、今日は福島、毎日一箇所ずつやれば、三日後にはオリンピックスタジアムで開会式だ」

ノートパソコンの画面に映し出された黄色の円が次第に大きくなっていくような不気味さを感じる。

なぜ東京から遠く離れた札幌の時計台でテロ事件が起きたのか、分かった気がした。犯人は五日間かけてオリンピックに関係する会場を巡《めぐ》り、爆発事件を繰り返して、最後にオリンピックスタジアムへと辿《たど》り着く気だ。

まるで聖火ランナーのように、テロの炎を頭上に掲げて駆け抜けるつもりだと気づいた。

「じゃあ、明日も、明後日も、またどこかの会場でテロが起きるってことっすか」

猿谷の顔に困惑と焦りの色が浮かぶ。

藍花は右手で口元を押さえて思案の表情を見せていた。

「やはり、野球大会に参加した人の中に犯人はいないかもしれません。連続テロを計画している犯人が、名簿に自分の名前も含まれている大会で事件を起こすとは考えられません。当然、繋がりのある身内や友人が参加しているわけでもなかったと思います」

「ってことは、野球大会に何の恨みもない奴が爆弾を持ち込んだってことっすか？　球場がオリンピックの競技会場になっているというだけで、オリンピックとは何の関係もない普通の人たちを襲ったんすか？」

「テロ組織の捜査が困難になるのもそういう理由ですよね。目的のためには手段を選ばない。他人のことなど一切考えないんです」

藍花の推理は正しい気がする。

恐らく犯人は、野球大会とは全く無関係なテロリストだ。

同時に、事件現場の状況に違和感を覚える。

はたして中東や国内のテログループが、これほど回りくどい方法で事件を起こすだろうか。

今日、野球場で小さな大会が行われることを知って、自由に出入りできることも、男子更衣室が無施錠であることも調べて、差し入れに見せかけた爆弾を持ち込むような方法を選ぶだろうか。

なぜ現場に不気味な脅迫文を残して、暗号めいた印を残して不安を煽るような古臭い手法にこだわっているのか。

想像したくないが、なぜかつて外国で起きたテロ事件のように、無差別に銃を乱射したり、体に巻き付けたダイナマイトを爆破させたりするような大惨事を引き起こさないのか。

もしかすると、犯人は大規模なテログループではなく、数人だけの小さな集団か、あるいはたった一人の個人なのかもしれない。

ＩＣＢＳとの繋がりもなく、動機もオリンピックの宣伝効果を期待した悪意の主張ではなく、より具体的な恨みによるものかもしれない。

東京オリンピックを憎悪し、他者に危害を加えてでも中止に追い込みたい理由がある者とは……。

「おれ、ひとまずこの話を捜査一課に持ち帰っても良いっすか？　札幌の事件はうちでも十分に検討する必要があると思うんで。いや、特警本部が伝えなかったことは一旦保留にしておきます」

「ちょっと待って、猿谷くん。あと一つ聞きたいことがある」

興奮気味に席を立って鑑識課から出ようとする猿谷を呼び止める。

「きみは【みちびきの郷】ってところを知っているか？」

「みちびきの郷……」

猿谷は動きを止めてつぶやく。

藍花も不思議そうに瞬きを繰り返していた。

「……ああ、みちびきファームの美味しいお野菜、ですか？」

「美味しいお野菜？」

「ええと、そんな名前で売っていたのがあったんですよ。福島の、東の山間部で作っている無農薬野菜だとか。ジャガイモとかキュウリとか、昔、うちのお袋がよく買っていましたよ」

「山奥でコミュニティを作って、自給自足の生活を送っている村というのは？」

「そうです、そんな話も聞きました。それがどうしたんですか？　今もあるのかな……」

「今はない。十年前に村ごと他の県に移住したらしい」

「十年前……ああ、原発っすか？」

猿谷は即座に気づく。

忘れられるものではないだろう。

「県警でその話は聞いていないか？　みちびきの郷がどういうところで、その後にどうなったか、調査するようなこともなかったのか？」

「はぁ……ないっすね。十年前ならおれもまだ学生でしたけど、警察に入ったあとも聞いたことないです。今も足利さんから言われて久しぶりに名前を思い出したくらいですから」

「不審な噂も？」

「どうかな……おれは、近所の産地直売所で野菜が売られていたことくらいしか知らないっすよ」

猿谷は戸惑いながらそう答える。

「足利さん、なんですか？　みちびきファームが何か関係あるんですか？　まさか今回のテロ事件に関わっているとか？」

「いや、前に余所《よそ》で軽くそんな話を聞いただけだ。きみが何か知っているかと思って」

「何を……」

「気にしないでくれ、ありがとう」

「……また何か隠しているんじゃないっすか？」

「また？　猿谷くん、おれがいつきみに隠しごとをした？　全部正直に話しているじゃないか。うちも四方八方に手を尽くしているんだよ」

猿谷の目を見てそう返す。

彼は不満げな表情を向けながらも黙って数回うなずくと、ノートパソコンを持って足早に部屋から出て行った。

みちびきの郷のことはよく知らないと言いつつも、特に悪いイメージは持っておらず、県警内でもその名前が出ることはないらしい。

やや意外ではあったが、それが地元の人間による印象と見ていいだろう。

ここではこれ以上の新たな情報は得られそうもなかった。

「義松……」

藍花が横目を向けて名前で呼ぶ。

「何を隠しているの？」

「……あとで話すよ」

パイプ椅子に座り直して反り返る。

真新しい天井が照明の光を受けて白く照らされている。

札幌の時計台はともかくとして、あづま球場の男子更衣室でテロ事件を起こすには、一度は球場を訪れて施設内の構造を知っていなければ難しい。

犯行場所を探しているようでは人目に付きやすく、不信感を抱かれる可能性も高くなるからだ。

猿谷は高校生の頃に試合に使ったこともあると話していたので、少なくとも十年以上前から存在する施設なのだろう。

犯人が野球大会の参加者の中にいる可能性は低い。

しかし福島県やあづま球場と全く無関係な人物とも思えなかった。

「義松、さっきはごめん」

「何が？」

「わたし、猿谷さんと言い争って……抑えなきゃいけなかったのに」

「しょうがないよ。藍花は悪くない」

「でも、猿谷さんの気持ちも分かるよ。昨日の事件が伝わっていなかったなんて。怒るのも当然だよね」

「彼も悪くない。と言うか、刑事の中であんなに素直な奴も珍しい」

「それに引き換えこっちは……浪坂副部長だって、そういうところはきっちりしていると思っていたのに」

「浪坂さんじゃなくて、もっと上の判断だと思う。それもこの事件でもう隠し通せなくなった。マスコミが気づくのも時間の問題だ」

「そうだろうね」

「そして怒られるのは、やっぱりおれたちだ」

「わたし、挫《くじ》けそうかも……」

藍花がだらしなく机に突っ伏す。

普段から真面目で有能な彼女だけに、失敗すると落ち込みも激しい。

しかもそれが自分には非のないこと、さらに上層部に関わりのあることとなると、一層やりきれない気持ちにもなるだろう。

「なぁ、藍花」

「……何?」

「明日、一緒に静岡へ行こうか」

「……温泉にでも逃げようって言うなら、義松一人で行って」

藍花は首を横に向けて睨むように見上げる。

なるほど、同情するだけ損だった。

彼女は自分よりもずっと強い女性なのだから。

【七月二十一日　水曜日】

十三

翌日は早朝から車に乗り込んで東京を出発した。

東名高速道路をひたすら走り、神奈川県を抜けて静岡県へと入って、富士山の裾野へ向かう。

灰色の雲に覆われた曇天の下、左右に深い森が続く自動車道の途中で目的の脇道を見つけると、ハンドルを切ってさらに山の奥へと進んで行った。

案内標識や看板もなく、勾配《こうばい》が強い細道が山肌を縫《ぬ》うように続いている。

前方車も後続車もない一台だけとなり、未舗装《ほそう》の道を削るようなタイヤの音だけがうるさく車内に響いていた。

「すっごい、悪路なんだけどっ、ほんっとに、この道で合っているの？」

助手席の藍花が振動に声を震わせながら尋ねる。

サイドウィンドウの上部に付いたアシストグリップを両手で摑《つか》む姿が、やけにしおらしい乙女のように見えた。

「住所が正確なら、道はここしかないと思う」

見通しの悪い山道の運転に集中しながら曖昧《あいまい》に返答する。

カーナビでもルートが検索できない場所だったので断言はできない。

しかし道には二本線の轍《わだち》がしっかりと残っているので、頻繁に往来する車があるのは確かなようだ。

今目指している【みちびきの郷】は、昨夜に調べたところ、富士山に程近いこの山中に存在することまでは突き止めていた。

インターネット上にホームページやＳＮＳなどは開設しておらず、地図上にも一切の表記は確認できない。

唯一、猿谷から聞いた【みちびきファーム】という名称をＪＡの生産事業者一覧から見つけ出すことができた。

ただし、そこでも住所は確認できたが、電話番号はＪＡの支店の代表番号までしか分からなかった。

そのため事前に電話連絡も取れないまま、直接現地へ向かうしか方法がなかった。

「元・新革の創設者が作ったコミュニティ……確かに気になるね」

藍花が窓の外で不気味にざわめく木々を見つめている。

道中で彼女にも全て説明し終えていた。

「どうかな。猿谷くんの話だと何も悪い噂がなかったらしいけど」

「だけど、それは十年以上前に福島県で見せていた印象でしょ？　それからコミュニティは国の命令で村ごと追い出されてしまった。そして今から三か月前には新革の幹部とも接触があった。やっぱり、何かあると見るべきだと思うよ」

十年前に発生した、東日本大震災。

地震は防ぎようのないものだったとしても、原発事故は国の失策と言わざるを得ない。あの大災害によって故郷からの移住を強《し》いられて、それからの人生が大きく変わってしまった者は他にも多数いたことだろう。

山奥で集団生活を望んでいた【みちびきの郷】の住民たちにとっては、原発の政策など全くの関わりのない話だったに違いない。

望まざる文明社会から受けた理不尽な仕打ちに恨みを募らせても不思議ではないはずだ。

「でも実際にみちびきの郷がどういうところなのか、そこの人間たちが何を考えているのかは分からない。だから一度この目で確かめておこうと思ったんだ。藍花に付き合ってもらう必要もなかったかもしれないけど……」

「一人で行くなんて駄目だよ。過激派の潜伏先だったらどうするの？」

「その可能性もあるから、やっぱり一緒に来てもらったんだよ」

「だいたい義松、それってどこから得た情報なの？」

「……見えたぞ、村だ」

藍花の質問には答えずに、正面を向いたままそう言った。

十四

最後のカーブを曲がると視界が開けて田畑の続く風景へと変わる。

みちびきの郷は何の前触れもなく、突然目の前に出現した。

まるで外界から隔絶されたような村。

周囲を高い山々に囲まれて、広い川の両端に道が延《の》びて木造の家々が点在している。

空も分厚い雲が蓋をするように覆い、真夏にもかかわらず薄暗く寒々しい雰囲気が漂っていた。

「凄い、本当にあった」

そのつもりで来たのだが、実際に村を目の当たりにすると感嘆に近い声が漏れる。

「へぇ……何だか田舎のお祖父《じい》ちゃん家《ち》みたい」

藍花もシートから身を乗り出してつぶやく。

彼女の田舎やお祖父ちゃんの家は知らないが、ごく普通の物静かな山村の風景という意味なら同感だった。

武装勢力の要塞や、山賊の根城のような雰囲気は全く感じられない。

駅の壁に掛けられた観光地のポスターのような、自然豊かな日本の原風景が広がっていた。

道の脇では農作業を行う夫婦が、軽トラックに段ボール箱を積み込んでいる。

意外に若く、どちらの歳も自分とそう変わらないように見えた。

見慣れない自動車が来たせいか、二人とも手を止めて日に焼けた顔をこちらに向けていた。

「おはようございます。お仕事ご苦労さんです」

無視して通り過ぎるのも不自然に思えて、ウィンドウを開けて大声で声をかける。

「三苫さんって人に会いたいんですけど、どこにいるか分かりますか？」

「三苫さんに何か用か？」

男のほうが不思議そうな表情で尋ねてくる。

「ちょっとお伺いしたいことがあって。ああ、おれたちは東京から来た足利と阿桜って言います」

ここで刑事と名乗るのも憚《はばか》られたので所在を曖昧《あいまい》にして告げる。

しかし男は首を傾げて眉を寄せていた。

「東京から来て、何を聞くんだ？」

「いやぁ、大したことじゃないんですけど」

「何だ？」

「……もしかして、三苫さんですか？」

「違うよ。三苫さんはここの村長だ」

「そうですよね。ええと、だったら直接会って話したいんですけど……」

「だから、何の話だ？」

男のほうがさらに尋ねてくる。

妙な言いがかりを付けて絡んでいるのではなく、真面目な顔を向けている。

何だろう、どうも勝手が違って会話が成り立たない。

すると藍花が運転席まで体を伸ばしてきた。

「わたしたちは東京の警察から来た刑事です」

「け、警察？」

「そうです。こちらの村長にお話があってお伺いしました。三苫さんはどこにおられますか？」

「いや……その、村長は、今は山へ行っとるかと……」

男は急に素直になって緊張気味に答える。

「どこの山ですか？　案内していただけますか？」

「どこって……この辺の山だよ。案内は、でも仕事が……」

「では他に頼める方はおられませんか？」

「他は、ああ、どうしよっか、親父は足がもうあれだから……」

「あ、あの、寄り合い所へ行けばいいよ」

隣にいた女が上擦《うわず》った声を上げる。

「この先にある大きな建物です。村長もじきに帰ってくるはずだから、その、山へ行くより待っていたほうが早いよ」

「そうですか。寄り合い所には誰かおられますか？」

「分かんないけど、今の時間ならカイさんがいるかも……でも、誰もいなくても開いてるよ」

「カイさんですね。分かりました。どうもありがとうございました」

藍花はこちらを向いてうなずくと、体を助手席に戻す。

これ以上この二人に話は聞けそうもないので、会釈《えしゃく》をして車を発進させた。

「……どうなってんだ？　いきなり警察なんて名乗って良かったのか？」

「いいの。うちのお祖父ちゃん、瀬戸内海の小さな島に住んでいるんだけど、そこの人たちがあんな感じなの」

「どんな感じ？」

「島の人たちはみんな知り合いだから、誰も彼も家族みたいに思っているんだよ。だから、関係なくても事情を聞こうとしてくるんだよ」

なるほど、家族という表現は非常に適切に思えた。

自分も、母に用があると言って見知らぬ男女がやって来たら、何の用だと聞いてしまうだろう。

「それと、テレビ慣れやインタビュー慣れもしていないから、気さくに話しかけても乗ってくれない。正直に警察と名乗ったほうが早いと思ったのよ」

藍花はシートに背を預けて得意気にうなずく。

やはり彼女を連れてきて正解だった。

十五

川沿いの道を五分ほど進むと大きな木造平屋の建物が目に入る。瓦《かわら》屋根を載せた広い講堂のような佇まいなので、恐らくこれが寄り合い所だろう。ここに限らず、村に来てから看板のようなものは一切見ていない。顔見知りばかりの閉鎖的なコミュニティでは、わざわざ場所を示す物なども必要ないようだ。

寄り合い所の前で車を停めて建物の中を覗くと、眼鏡を掛けた一人の女が日の当たる窓際で帳面のようなものを付けている。

女はこちらの視線に気づいたのか、ぱっと顔を上げて目を向けた。

「……どちらさま？」

「いきなりすいません。警視庁の足利って言います」

「警視庁？　……何事ですか？」

女は戸惑うような表情を浮かべる。

歳はやや上の四十前くらいだろうか。

化粧気はなく野暮ったい丸眼鏡を掛けているが、目鼻立ちのくっきりとした美人だ。

「三苫さんに会いに来たんですけど、今はいないので寄り合い所で待っておくように言われました。中に入ってもいいですか？」

「構いませんけど……」

許可が出たので遠慮なくガラス戸を開けて建物内に入室する。

寄り合い所は畳の敷かれた広い一間に長机がいくつも並べられている。

眼鏡の女の他にはさらに年上らしき中年の女が三人ほどいて、さらに五人ほどの幼児や乳児が遊んでいた。

「どうもお邪魔します。三苫さんとみちびきの郷について、ちょっと確認したいことがあったんで。調べてみたんですけど電話番号も分かんなくて、直《じか》に来てしまいました」

「電話は引いていないので……何かあったんですか？」

「あ、心当たりありますか？」

「分かりませんけど……村から出荷しているお米やお野菜に何か問題があったのでしょうか？」

「いや、そういうことじゃないです」

「じゃあ何が……」

女は理解できないと言った表情を見せている。

彼女は先に会った軽トラック夫婦よりも世間慣れしているらしく、会話に違和感はない。

嘘をついたり誤魔化したりしている風でもなく、刑事が来た理由は本当に分からないようだ。

「もしかして……カイユミさん、ですか？」

その時、後ろにいた藍花が驚いたように声を上げる。

確か軽トラックの女が寄り合い所にそんな名前の女がいるかもしれないと話していた。

しかし彼女は【カイさん】としか言わなかったはずだ。

「本当に？　カイユミさん、ですよね？」

「え、ええ、まぁ……」

眼鏡の女は口籠《くちご》もりつつも認める。

「何？　藍花の知り合い？」

「違うよ。女優さんだよ。甲斐弓子《かいゆみこ》さん、十五年くらい前によくドラマに出ていたじゃない」

「そうだっけ？」

藍花は興奮気味に話すが、名前を聞いても全く思い出せない。

十五年くらい前となると、ちょうど陸上部に打ち込んでいた時期だったので、テレビはほとんど観ていなかった。

「まさかこんなところで会えるなんて……ビックリしました。ご本人ですよね？」

「そうですね、一応……」

「あの、わたし、カイユミさんの出ていたドラマとか映画をよく観ていました。それで、いつの間にか見かけなくなって、どうしたのかなと思っていたんですけど……」

「その仕事については、もう引退しましたので」

「あ、ごめんなさい。失礼しました」

藍花は慌てて口を押さえる。

勝手に一人で盛り上がっていることに気づいて我に返ったのだろう。

しかし元・女優なら美人であることも世間慣れしていることもうなずける。

眼鏡の女、甲斐は、いえと短く答えてから改めて口を開いた。

「それで、みちびきの郷に何のご用でしょうか？」


【みちびきの郷】は一九七〇年代の初めに三苦空良が福島県の山中に築いたコミュニティだった。

初めは三苦の他に有志の者とその家族が十軒ほど集まり、共同で土地を買って山林を切り拓いて村を作り上げた。

彼らは人間の幸福を追い求めた結果、過度の科学や文明を捨てて、人里離れた場所で自給自足の生活を送ることを選んだ。

物質のみに依存して、精神を蔑《ないがし》ろにした現代社会は、人間を疲弊させて不幸を招くことになる。

足ることを知り、自然に感謝して、調和を目指すことが幸福に繋がる道と信じていた。

やがてその考えに共感した者たちがいずこともなく集まり始めて、村は徐々に拡大していった。

そのため会議を行う寄り合い所が必要となり、病院や学校も建てられて、年に一度は秋祭りなども行われるようになった。

電気も風力と水力を用いた発電を行っており、各家庭までは引かれていないが、病院には完備されていた。

農作物をＪＡなど麓《ふもと》の社会に売ることで必要な費用を得て、食料品や衣服、田植え機や軽トラックなどもそこから賄《まかな》われた。

現代社会を否定したとはいえ、原始人のような生活を送るわけではない。

本当に必要な物を必要なだけ、共同で所持することで、永続的な社会を目指した。

その後も人は集まり続けて、その間で結婚し子供も生まれて増えていった。

いつしか村民は三百人を超える集団となっていた。

しかしその環境も十年前の災害により全て失われた。

村自体に被害はなかったが、原発事故による避難区域に指定されたために移住を強いられることとなった。

ほとんど財産を持たない彼らは難民のように各地を転々とし、人目を避けて互いに身を寄せ合って生き続けた。

ある者は病に倒れて、ある者は希望を見失って、集団を離れる者たちも少なくはなかった。

ようやく富士山麓にあるこの廃村に辿り着いた時は八十三人にまで減少していた。

それでも残った村民は少ない金を出し合い、また寄付を募ってこの村を買い取ると、廃屋を修繕し田畑の土を掘り返して、再び村を作り始めた。

そして数年の歳月をかけて、ようやくかつての生活を取り戻すまでに至った。

十六

元・女優の甲斐弓子はそのように、村の歴史とあらましを分かりやすく丁寧に話してくれた。

彼女はその容姿と人当たりの良さから、村外の人間たちと関わる渉外の役目も担っているらしい。

そのため村を出て麓の町へ出る機会も多く、世間に疎《うと》いということもないようだ。

ただ、自分の村には相当な誇りと希望を抱いているらしく、そのため村外に対しては軽蔑に近い感情を持っていることが言葉の端々から窺えた。

「村民も今では百三十七人にまで増えました。皆で力を合わせて生活を続けています」

「……お話しいただきありがとうございました。大変な苦労があったんですね」

まるで旧約聖書の一節にあるような放浪の物語だ。

こんな世界があったとは知らなかった。

そして、こんなに国と世間が冷たいとも知らなかった。

語り終えた甲斐は目を伏せて軽くかぶりを振っている。

こんなものは苦労ではないという意味か、お前になど同情されたくないという意味か。

どちらの思いを伝えようとしたのかは分からなかった。

「想像していた村の様子と違っていて驚きました。どうもおれは勘違いしていたようです」

「足利さんは、みちびきの郷をどのように思っておられたのですか？」

「正直に言いますと、おかしな思想を信奉する者たちの隠れ家とか、いかがわしいコミュニティとか、でしょうか」

「想像力に乏《とぼ》しい方々は、よくそのような誤解をされています」

「しかし公表されている情報が少なすぎる。こんな山奥で何をやっているのかも分からなければ、誤解されても仕方がないんじゃないですか？」

「どのように思われたとしても、わたしたちは全く気にしません。何でも知りたい、知らなければいけないというのは、外の方々がいつも余計な情報に溺《おぼ》れているからです」

「おれたちにとっては必要な情報です。警察にも一切明かしていないようですね」

「聞かれることもなかったのでお伝えしていないだけです。やましいことがないので警察にも情報がないのです。役所の視察も受け入れていますし、税金も納めています」

甲斐は冷静な口調で淡々と返答する。

わざと煽って本音を探ろうと思ったが、彼女には通用しなかったようだ。

「わたしは、やましいことがあるとは思いませんが……」

藍花が代わって声を上げる。

「これは一種の洗脳施設とは言えませんか？」

「わたしはそう思いません」

「しかし、甲斐弓子さん自身も女優業を辞めてこの村に入ったんですよね？」

「……わたしの場合は、正直言って芸能活動に嫌気がさしていました。応援していただいた方には申し訳なかったのですが、他人と世の中が信用できなくなって、嫌で仕方がなかったんです。そんな時にこの村の存在を知って、三苫さんに出会って、これが自分の生きる場所だと確信したのです。洗脳ではなく、自らの意志で選んだのです。他の人たちも同じです。村の暮らしが合わなくて出て行く方もおられますが、それも自由です」

「子供たちはどうですか？　ここで生まれ育って、教育を受けてきた人たちにとっては、村で生活する以外に方法がないんじゃないですか？」

「いいえ。村には一貫した小中学校しかありませんので、それ以降は進学のために外へ出て生活しています。卒業後も村に戻るか、外で就職するかは自分で決めています」

「では高齢者の問題はどうですか？　拝見していないので分かりませんが、ここでは高度な医療は受けるのは難しいのではないですか？」

「そのことについては、至らないところがあるとわたしも感じています」

甲斐は声を落として素直に認める。

「病院には医師や看護師、薬剤師もいますが、人手不足と設備の問題で患者に充分な医療を提供できないのは事実です。ですから、大病を患《わずら》った方や大怪我を負われた方は町の病院に入ってもらっています。高齢者についても同じように福祉施設へ入居していただくこともあります。本人たちが帰還を望んでいても村では受け入れられません。みちびきの郷は作られてから五十年ほど経ちますが、皆さん最後は外で亡くなられています。ただ希望されていた方は村のお墓に入っていただいています」

藍花は甲斐の返答を聞いて口を噤《つぐ》む。

村の実情をありのままに聞かされて、付け入る隙《すき》も見出せなかったのだろう。

学校や病院の問題はみちびきの郷に限らず、過疎化の進む他の村でも同じことが言える。

問題は元・女優である彼女の説明が、真実であるかどうかだった。

「みちびきの郷のことは大変よく分かりました。それじゃ、そろそろ本題について聞いてもいいでしょうか？」

「本題？」

「おれたちも、単にこの村が怪しいぞって失礼な気持ちで来たわけじゃないですから」

そう話すと甲斐の表情に不安の色が差す。

こうなれば彼女に全てを話して反応を窺うほうが良さそうだ。

「甲斐さんは、もうすぐ東京でオリンピックが開催されるのを知っていますか？」

「オリンピック？　ええ、それは……」

「あ、知っていました？　意外です。テレビもネットもないのにどうして知っているんですか？　新聞配達もここまでは届けに来ませんよね？」

「農作物の出荷や買い出しで町との交流がありますから。新聞もその時まとめて買っています」

「なるほど。それでは話が早い。いや、実はおれたち、そのオリンピックの警備を担当している刑事なんですよ。今日もその用件でこの村へ来ました」

「みちびきの郷と何か関係があるのですか？」

「それがですね、今、オリンピックはテロの標的にされているんですよ。血の雨が降るとか、中止にしなければ会場を爆破するとか、物騒なことを言われて脅されているんです。そのことはご存じですか？」

「いえ、そこまでは……」

「おれたちは、この村に何か関わりがあるんじゃないかと疑っています」

「そんな、どうしてですか？」

甲斐は目を見開いて声を上げる。

「おれ、言いましたよね？　この村が、おかしな思想を信奉する者たちの隠れ家じゃないかと思っていたって。どこを調べても何の情報もないので怪しい気がしていたんです」

「ですから、それは足利さんの誤解です。わたしたちはこの村で平穏に過ごしているんです。オリンピックなんて興味もありません」

「でも十年前、あなたたちは国から理不尽な仕打ちを受けて村を追い出されてしまいました。何も悪いことはしていなかったのに、電気すらも頼っていなかったのに。いきなり平穏な日常を壊されてしまった。それを恨んだり憎しみを感じたりはしないんですか？」

「……それについて思うことは、確かにあります」

甲斐は唇を震わせながら認める。

たとえ嘘でも恨みなどないと言わなかったことに驚いた。

「あの時、三苫村長もわたしも、みちびきの郷の存続のため必死になって行政と交渉しました。しかし相手は諦めなさいの一点張りで立ち退きを命じられました」

「それは酷い。何の支援も受けられなかったんですか？」

「村長が断りました。自分たちよりもっと困っている人に役立ててほしいと言いました。その考えにはわたしも賛成です。わたしたちは、国に頼らずとも生きていける力があります。どんな困難も自分たちで力を合わせて克服していきます」

　甲斐は歯を食いしばって見得《みえ》を切る。

「……ただ、わたしは一言、謝ってほしかっただけです。わたしたちをこんな目に遭わせた罪を認めてほしかっただけなんです。それなのに、あの人たちは最後まで謝罪してくれませんでした」

「彼らは謝るにも上司の許可がいるんですよ」

　その辺りの感覚は実感しているのでよく分かる。

以前、大阪府警で【ごめんですんだら警察いらんわ！】という標語を用いた警察官募集のポスターがあったが、あの言葉の皮肉に気づいた人間はどれだけいただろうか。

　警察もまた、謝罪だけでは済まされない組織だった。

「足利さん、国や政府に不満を抱いている人は村の外にも大勢いると思います。昨年に起きた新型コロナウィルスの感染症対策については、麓の町の皆さんも特に文句を言っていませんでした。この村で感染した人はいませんでしたが、国中で大変な騒ぎだったのは新聞で知っています。それなのに、隠れ住んでいるという勝手なイメージだけで、みちびきの郷を悪者扱いするのですか？」

「そんな思い込みだけでここまで来たりはしませんよ」

「では他に何が……」

「村長の三苫さんが過激派に所属しているからですよ」

甲斐の息を飲む音が聞こえる。

それは【まさか?】という未知への驚きではなく、【それか!】という既知への気づきだった。

「足利さん、それは違います」

「これもおれの誤解ですか?」

「誤解……でも村長はオリンピックのテロなどとは関係ありません」

「過激派に所属しているのは知っていますよね?」

「以前は、そういうこともしていたという話は聞いたことがあります。でも、それは何十年も昔のことで、村長がこの村を作る前のことです」

「それは甲斐さんが知らないだけです。三苫さんは今も過激派と繫がりがあるんです」

「そんなことはありません。村長は毎日村で働いていて、滅多に外へは出て行きません。出る時も必ず誰かが付き添っています。外から来る人も、あなた方以外には直売所の方か役所の担当者しかいません。ここ数年間はずっとそうです」

「三苫さんが動く必要はないですよ。彼には一緒に戦ってくれる仲間がこんなにたくさんいる。共に困難に立ち向かう同志たちだ。あなたたちの結束力は、その辺の過激派なんかよりもずっと強いとおれは感じました」

「わたしたちがテロリストだと仰るんですか……」

「住み慣れた村から立ち退かせておきながら謝りもせず、ウィルス騒動も収まり切らないうちに派手なイベントをぶち上げて盛り上がろうとする。オリンピックは国と政府に復讐する場として打って付けじゃないですか？」

「外の人は、またそうやってわたしたちを追い詰めるんですか？」

「そうじゃない。おれなら我慢できないと思ったんです」

「そんなの……わたしだって、できるなら全部壊してしまいたいです。オリンピックなんて……」

「ですよね、それなら……」

「いい加減にしなさい、足利」

藍花から強い口調で止められる。

「申し訳ございません、甲斐さん。今の話はみんな足利の勝手な意見です」

「阿桜はこの村の人たちの気持ちが分からないのか？」

「義松」

名前で呼ばれた時は、本気だという合図だ。

「警察は決してこの村の人たちを危険と決めつけているわけではありません。ただ職務として、事件を解決するために、きつい言葉を使ってしまうことがあります。お気を悪くされましたら、どうかご勘弁願います」

甲斐はうつむいて唇を震わせている。

彼女はやはり否定することなく、オリンピックへの憎悪をあからさまに示した。

もし彼女がテロを画策しているなら、刑事に向かってそんな反応は見せないだろう。

それでは、みちびきの郷は事件とは無関係なのだろうか？

それとも、彼女の知らないところで関わりがあるのだろうか？

「あの……」

その時、脇から中年の女が声をかけてくる。

「村長が山から戻ってきました。案内しますので、どうぞ」

十七

寄り合い所から出た後は車に戻らず、案内の女とともに村の道を歩く。

日はすでに高く昇っているはずだが、曇天のせいで辺りは不気味に薄暗かった。

五分ほど歩いて、途中で河原へ向かう階段を下りて砂利道をざくざくと踏み進む。

幅が広く、流れが緩やかな川には、手ぬぐいで頬被《ほおかぶ》りをした数人の男たちが釣りをしていた。

脇の砂利場には板床に庇《ひさし》を付けただけの簡易な休息所があり、そこでは高齢者たちが胡座《あぐら》をかいてのんびりと談笑していた。

「あれが三苫村長です」

案内の女が指さしたのは休息所の彼らではなく、遠くの川で釣りをしている男の一人だった。

防水のズボンとポケットの多いジャケットを着た小柄な姿。

白い顎髭《あごひげ》が遠くからでもよく目立っていた。

「そーんちょー！」

女が続けて大声で呼びかけると、三苫は振り向いて手を挙げる。

しかし河原へ戻ってくる様子はなく、幽霊《ゆうれい》のように手をゆらゆらと上下に振って招いていた。

「義松、呼ばれているよ」

隣の藍花から肩を叩かれる。

まさか村の長《おさ》に向かって、話があるからこっちへ来いとは言えない。

やむを得ずズボンの裾を膝まで捲《まく》って川へと入った。

水は驚くほど冷たく、足首から心臓までの血管がぎゅっと引き締まる。

慣れない足取りでざぶざぶと横断するが、思っていたよりも底が深く、流れも速い。

天気が悪いせいか川底は暗く、何が潜んでいるかも分からなかった。

「三苫空良さんですか？」

ようやく釣り人の前まで辿り着いて声をかける。

「おお、おお、よく倒れずに来られたねぇ」

三苫は日焼けした顔に皺《しわ》を寄せてニタニタと笑っていた。

過激派として活動していた過去から推測すると、今の年齢は七十代だろうか。

体格は小柄で痩せており、手ぬぐいに隠れた禿頭《はげあたま》と白髭《しらひげ》が老人然としている。

しかし背筋はしっかりと伸びており顔の血色も良い。

渓流《けいりゅう》釣りがよく似合う、好々爺《こうこうや》の風貌《ふうぼう》をたたえていた。

「警視庁の足利です。足腰は強いほうですから」

精一杯の強がりで返答する。

この辺りは中州《なかす》のように底が盛り上がっており、水も足首までしかなく流れも緩やかになっていた。

「魚釣りは日課ですか？」

「いんや、こんな日はろくに釣れない。今日はご機嫌うかがいだ」

「ご機嫌うかがいって？」

「入って水の冷たさと流れを感じて、魚を釣り上げて体調を見て、川が元気かどうか尋ねるんだ。山に入っても草木の具合や土の感触を確かめてご機嫌をうかがう。これが今のわたしの役目」

「今日の機嫌は悪そうですね」

「いやいや、この時期らしい騒がしさだよ。問題ないね」

三苫はそう言うと川魚を一匹釣り上げる。

そして丁寧に針を外すと、しばらく手の平に乗せて見つめた後、再び川へと返した。

「あたしに用があるとか。待たせてしまいましたか?」

「いえ、勝手に来てしまったので。さっきまで寄り合い所で甲斐弓子さんから色々とお話を聞いていました」

「気が強いでしょう?」

「甲斐さんですか?　まぁ……」

「もう少し愛想良くすればいいのに、外の人にはなかなか厳しい。あの子も随分と酷《ひど》い目に遭ってきたからねぇ」

三苫はするすると竿《さお》を伸ばして糸を垂らす。

しかし今度は魚の餌《えさ》はおろか針さえも付いていなかった。

「ご機嫌うかがいだから、針は付けないんですか?」

「所詮、あたしゃ太公望《たいこうぼう》の成り損ない」

「太公望?」

「刑事の聞き込みも、物知らずでは務らんでしょ?」

「……そのほうが、余計な話に釣られず済むこともあるんですよ」

「やるねぇ、若いの」

三苫は糸の落ちる水面を見つめたまま笑う。

やはり彼は田舎の好々爺でも、山里の村長でもない。

それよりも数倍、厄介《やっかい》なインテリ高齢者のようだ。


みちびきの郷に訪れた理由を話している間も、三苫は川に目を落としたまま釣りの真似事を続けていた。

話の内容は甲斐にも伝えたものと同じだが、三苫が【新革】の創設メンバーであることも知っていると付け加えた。

川辺の休息所では藍花が板床に腰を下ろして、庇の暗がりで老人たちと対面している。

そしてちらりとこちらを向くと、問題ないと小さく手を振って伝えた。

「ふぅん。それでわざわざ、ここまで来たというわけか」

三苫は話を聞き終えるなりのんびりとそう言う。

「うちの人間と名乗る人が新革へ……誰かなぁ、何を聞きに言ったのかなぁ」

「心当たりはないですか？」

「全く、これっぽっちも、なんにもない」

「でも、三苫さんが元・新革のメンバーだと知っている人の仕業でしょ？」

「そんな人はいくらでもいるよ。あたしゃ言い触らしてもいないが、隠してもいないからねぇ」

「みちびきの郷の村人たちはみんな知っているんですか？」

「甲斐弓子さんも知っていたでしょ？　古くからいる人なら一度くらいは聞いたことがあるよ。村の人たちだけでなく、昔のあたしを知っている人なら外にもたくさんいるはずだ」

「昔のあなたを……」

「結構、派手に暴れ回っていたからねぇ」

三苫はへぇへぇへぇと間延びした笑い声を上げた。

「……三苫さんは、どうして新革から脱退したんですか？」

「なんでかなぁ、目指すものが変わったからだろうねぇ」

「目指すもの？」

「あの頃のあたしゃ、本気で革命を起こそうと思ってたんだ。このままではこの国は駄目になっちまう。だからおれたちがやるんだって、仲間と組織を立ち上げた。大学生の頃、二十歳《はたち》そこそこの若造だったよ」

三苫は白髭の顎を持ち上げて、遠くの山林に目を細める。

「目的のためには多少の犠牲もやむを得ない。警察への暴力も致し方なし。捕縛されても心配するな。反撃されたらこっちのものだ。正義はおれたちにあるぞってなもんだ。テロ……あの頃はゲリラって言ったね。あんたが話した『惑惑時計』も、そのための道具だった。とにかく、あたしゃ一生懸命にやったよ。英雄になりたかったわけじゃない。

革命戦士なんてつもりもない。ただ国民が幸せになるために、信念を持って真剣に活動したんだよねぇ」

「国民が幸せになるために……」

「でもねぇ、あたしらは戦いに敗れて、何も変えられなかった。そして気がついたら、周りには十数人のメンバーしか残っていなかった。そこでやっと気がついたんだ。ああ、誰も付いて来てくれなかったんだ。国民はおれたちの革命なんて望んでいなかったんだ。みんなこのまま進むことを選んだんだってね」

「何にしても暴力を正当化する組織に人は付いて来ませんよ」

「目に見えない屁理屈だらけの権力には、いくら虐《しいた》げられても付いて行くのにねぇ。ともかく、それであたしゃ、何もかも諦めて新革から抜けたんだ。先鋭化するメンバーを捨てて、現状に満足する国民からも離れて、山に籠もって自分たちだけの幸せを求めることにしたんだ。別に村を作りたかったわけじゃない。あたしゃ人知れずに生き抜いて、こっそりと死ぬつもりだったんよ。でもそのうちに人が増えて来たから、ちゃんと居場所を作らなきゃならなくなった。家を建ててね、自給自足の手段もみんなで考えてね、役所にも届け出て居住地を認めてもらった。それで村の名前が必要になったから、みちびきの郷って名づけたんだ」

「それも十年前に……」

「そそ、何もかもやり直しになっちゃった。でも今回は村の若者たちに頑張ってもらったから楽だったよ。村長と言っても今のあたしゃお飾りだ。もう頭も体もろくに動かない。山と川と、村民のご機嫌をうかがって、のんびりと過ごしているよ」

そして三苫はへぇへぇへぇと笑う。

その隠居めいた日常は本当かもしれないが、彼の役割は決して軽いものではないはずだ。

かつて過激派を率いてきた決断力と実行力が、現在の村の運営にも根付いていることは想像できた。

「あたしらがこんな山奥で暮らしている理由、分かってくれたかい？　隠れているんじゃないよ。ただみんな、騒がしい外の世界から離れて生きていたいだけなんだよ」

「……三苫さんと村の皆さんが、この村を作った理由は分かりましたよ。でも、それは十年前までのことなんじゃないですか？　あの出来事があっても、あんな目に遭っても、まだ大人しくしていられるんですか？」

「あんなの誰のせいでもないでしょうが」

「そうかもしれませんけど」

「原発のせいでうちの村が危なくなるなんて、誰も考えていなかった。あたしも考えていなかった。それで国や政府が悪いなんて言うのはお門違いだ。ましてやオリンピックで復讐するなんて逆恨みもいいところだ」

「おれもそう思いますよ」

口では何とでも言える。

刑事を前に本音を語るテロリストもいないだろう。

「でも三苫さん、新革は……」

「そこがあなた、矛盾《むじゅん》しているんだなぁ」

「矛盾って？」

「だって、もし、あたしらがゲリラをしようと思ったら、古巣の力なんて借りないよ。だってこんないいアジトに、これだけの同志がいるんだから」

「……しかし、武器を調達するルートはいるでしょ」

「いらないよ。だって【惑惑時計】の草稿を書いたのはあたしなんだから。一応、工学部の出身だからねぇ。村の水車や風車の発電機もあたしが設計したんです。村にも器用で利口な者はたくさんいる。あんなちゃちな爆弾、材料も含めてすぐにでも作れるよ」

「あ……」

歯の抜けた老人の、屈託のない笑顔に絶句する。

寄り合い所で甲斐に向かって放った言葉が、そのまま反論とともに突き返された。

三苫がみちびきの郷の村民を率いてテロを起こすつもりなら、新革と接触を持つ必要は全くない。

つまり新革の幹部に会った謎の人物は、みちびきの郷の村民ではない。

そして謎の人物を【クロ】と疑うなら、村民は【シロ】と認めることにもなるだろう。

どこに真相が隠されているかはまだ分からないが、みちびきの郷を一連の事件と結びつけるには無理があるように思えてきた。

「……おれ、間違っていたんですか？」

「さぁて、あたしが何を言ったところで、警察のあなたは何も信じないよ」

三苫は針のない釣り竿を川面から引き上げる。

「いけないのは、オリンピックだ。いたずらに人の心を刺激して、感情的にさせる危険なお祭り。あれがみんなをおかしくさせるんだ」

「中東の過激派も、そんなことを言ってましたけど」

「オリンピックの起源は知っているでしょう。あれは古代ギリシャの時代、争いの絶えない国々の鬱憤《うっぷん》を晴らすために、戦争ではなく競争で優劣を決めようとして始まった。聞こえはいいけど、結局は代理戦争なんだな。暴力というベクトルを少しずらして娯楽にしているだけ。平和の祭典オリンピックはね、人類が戦争の興奮を忘れないように続いているんだ」

「……それでも、テロリストを捕まえるのが警察の職務ですから」

結局、三苫の言葉は世間を見下した夢想家の戯言《たわごと》に過ぎない。

それが真理というものかもしれないが、テロ事件を未然に防ぎ、目の前の人間を守るだけが精一杯の自分には何ら心に響くものはなかった。

「三苫さん、みちびきの郷の村民の名簿を見せてもらってもいいですか？」

「甲斐さんに頼むといい。役所に問い合わせても手に入るだろうけど、そのほうが早い」

三苫は釣り竿を肩に担ぐと、川辺に向かってざぶざぶと引き返していく。

「その上で村を疑うなら、強制捜査でも立ち退きでも、何でもやんなさい。あたしらはね、もうあなたがたには失望しているんだ」

ぽつぽつと、顔に雨粒が当たり始めていた。

十八

三苫と別れて甲斐から村民百三十七名の名簿を受け取り、車に乗ってみちびきの郷を出る頃には本格的に雨が降り出していた。

藍花は川に入らなかったことを気にしてか、いや、恐らくそんなつもりもないだろうが、帰りの運転を代わってくれた。

彼女は河原の休息所で老人たちに聞き込みをしてくれたが、村の暮らしや農作物の話しか聞けず、オリンピックにもあまり関心を示していなかったらしい。

「東京のオリンピックの話をしても、道路の拡張で家を追い出されたとか、あの頃から日本はおかしくなったとか言うから、何かと思ってよく聞いたら大昔のほうのオリンピックの話をしていたんだよ。今のオリンピックにはもう全然興味がないみたい。へぇ、そうなんだ、ご苦労さんだねって感覚だったよ」

「興味があるならこんな村に住んでいないだろうな」

助手席で村民名簿に目を落としつつ返答する。

名簿は名前と年齢と村内の番地と入村の年月日と、以前までの住所と職業が記載されている。

手書きの一覧表を麓の町でコピーした物で、三苫村長が許可したならと甲斐は渋々差し出してくれた。

「義松、その名簿から何か分かるの？」

「……無駄足だったかもしれないな」

名簿の中からも特に目を引く名前はない。

それ以前に探すべき名前すら見当を付けていないのだから当然だろう。

甲斐弓子は国と政府に恨みを抱いており、三苫空良は過激派時代の経験がある上に組織化できる人材を統率している。

しかしいずれも事件を起こすには決め手に欠ける気がしていた。

「無駄足なんかじゃないよ。みちびきの郷が無関係だと分かったなら、それはそれで成果だよ」

「……だけど、ひとつ、気になることはあったな」

「何？」

「あの村は想像していたよりも人の出入りは自由らしい。一度は入ってみたものの、村の暮らしが合わなくて出て行く奴もいると甲斐さんは言っていた。そんな奴は今の名簿にも載っていないし、どうしているかも分からない」

「新革の幹部に会いに行ったのはそういう人じゃないかって？」

「もうひとつ、村で生まれた子供は中学を卒業すると外の町へ出て進学するとも話していた。その後は村に戻る者もいるが、そのまま戻らずに外で就職する者もいるらしい。東京で普通に生活している人の中にも、あの村の出身者がいても不思議じゃないんだ」

みちびきの郷は外界から隔絶された山奥の集落であり、その暮らしぶりは前時代的な農村の様子に似ている。

しかしあの村は近代化の波が及ばなかったのではなく、この国と国民に失望した三苫空良があえて拓いたものであり、甲斐をはじめ村民も現代社会を見限って移住したものに違いなかった。

そんな親と人々が暮らす環境で生まれ育った子供たちには、一体どんな思想が植え付けられているだろう。

不便な故郷を嫌って都会での生活を満喫する者もいるだろうが、親と自分を追いやった外の世界を逆恨みする者もいるのではないだろうか。

そして若者は村へは戻らず、都会の片隅で従順な羊を装《よそお》いながら、ひっそりと狼の牙を磨き続けているのかもしれない。

復讐の時まで、たった一人で。

「だけど、時間がない……」

東京オリンピックの開幕は、もう明後日に迫っている。

都会に住むみちびきの郷の若者たちを捜して一人一人に会っている暇はない。

さらに、それもまたテロ事件の犯人と認める決め手に欠けていた。

「義松、後部座席にあるわたしの鞄《かばん》を取って」

藍花は運転しながら左手の親指を背後に向ける。

黒い幅広のビジネスバッグを言われた通りに取り上げて膝《ひざ》に乗せた。

「開けて、中にクリアファイルが入っているから、その中の表を見て」

「……札幌大通公園、札幌ドーム、宮城スタジアム、福島あづま球場……」

表には東日本の主要な施設やスポットの名前が並んでおり、それぞれ住所と競技と本日以降のスケジュールが記載されている。

その数、四十四か所。

オリンピックとパラリンピックの競技に使用される四十二か所の会場と、選手村とプレスセンターの場所だった。

「藍花……これ、どうしたんだ？」

「見直そうと思って整理しておいたの。特警本部に就いた時、一通りの資料をもらったでしょ」

藍花は正面を向いたまま簡単に説明するが、彼女の言いたいことはすぐに分かった。

脅迫状と五輪の輪を書き残したあのテロリストは、今日も爆弾を仕掛けるに違いない。

この状況で一番の近道は、事件を起こす最中の犯人を捕まえることだった。

「どうする？　義松。このまま本部へ帰る？」

「いや、本部に帰っている暇はない」

犯人はこの表の会場のどこかに、いや、テロ事件が起きた先の二つと最後に選んだオリンピックスタジアムを除いた四十一か所のどこかに潜伏している。

しかし穴が空《あ》くほど紙面を見つめても、答えが浮かび上がるはずもなかった。

「……幕張メッセへ行ってみよう。まだそこまで遠くはないから」

「根拠はあるの？」

「あるよ。テロリスト・ハンターの勘だ」

そう答えることしかできないのが悔しかった。


富士山麓から東名高速道路を引き返すと、今度は都心を抜けてさらに東へ向かう。

幕張メッセは千葉県の西にある、東京湾沿岸に設けられた国内有数のコンベンション施設だった。

十一のホールと会議場に加えてドーム型の円形ホールを備えており、国際会議や見本市、コンサートなど多目的に利用されている。

オリンピック会場としてはフェンシング、テコンドー、レスリングの開催が予定されており、パラリンピック会場としてはゴールボール、シッティングバレーボール、テコンドー、車椅子フェンシングの開催が予定されていた。

車が到着したのはまだ午後二時前だったが、辺りは薄暗く、蒸し暑く、霧のように細かい雨が降っていた。

スーツ姿の男女が行き来する中、広い階段を上って中央エントランスから国際展示場へ入る。

今日は国内外のスポーツ用品を扱う企業を集めた見本市が開催されていた。

およそ三百社の企業が区画整理された中でブースを立ち上げて、新製品や新規事業などをショップのバイヤーやニュース記者などに発表するイベントだ。

受付で身分を名乗って運営者から警備員用のパスを受け取る。

会場の警備には民間の警備会社が入っているとの説明を受けた。

「とても二人で見回りのできるレベルじゃないね」

賑やかな会場を歩きながら、藍花はぐるりと見渡してつぶやく。

広い敷地は無数のブースによって仕切られており、縦横に走る通路を大勢の人間たちが往来していた。

企業向けのイベントなのでその多くはスーツ姿の男女だが、フリーの記者かカメラマンらしき普段着の者や、宣伝を兼ねてスポーツウェアで全身を固めた者たちも目立っていた。

子供の姿はないが、特別招待を受けた中高生らしき生徒たちもいれば、これも理由があって招かれたと見られる手足の不自由な障害者たちも多く見かける。

腰の低そうな連中を引き連れた、業界の上役らしき老人たちの姿もあった。

「幕張メッセって他にもホールがあるし、隣にはコンサート会場もあったよな。オリンピックが始まればここに何万人もの観客が詰めかけると思うと、ぞっとするな」

「警備は民間の警備会社が動くことになっていたよね」

「特警本部だけじゃ手が回らないからな。何て言ったか、警備会社……」

「オリ・パラ警備協力企業体」

「ややこしい名前ばかりだ」

オリンピック・パラリンピック警備協力企業体は、民間警備会社二十社からなる組織らしい。

これまで培った経験と技術を集めて、開催中の会場と周辺の警備を務めてくれるそうだ。

なお、民間の警備協力企業体は、警察の特別警備本部の下部組織ではなく、大会組織委員会から直接に業務を請け負う形となっている。

そのため特警本部も彼らの動きを完全には把握しておらず、刑事と警備員との意思疎通は全く行われていなかった。

「頼りにしてもいいのかよ」

「浪坂副部長は現場での交渉は絶対にやるなと言っていたね。問題が起きた時に、言ったただの言わないだのと水掛け論が起きるからって」

「起きた問題のほうを心配しろよ」

ぼやきながら左右のブースに目を向ける。

有名シューズメーカーの新製品がブースの壁面に陳列されている。

型番からタイプと仕様を想像して、ふうんと一人で納得していた。

「オリンピックって、スポーツメーカーにとっても目標になっているんだろうな。みんながスポーツに関心を持っているこの機会を逃すわけにはいかない。だからオリンピックイヤーは業界に活気があって、新製品もよく出るから楽しいんだ」

「義松……やっぱりそれが目的でここに来たんでしょ？」

「違うよ。勘だって言っただろ」

「何の勘？　次に買うシューズの予感じゃないの？」

藍花はそう言うと急に踵《きびす》を返して戻り始める。

「なんだ？　怒ったのか？」

「浪坂副部長から電話。なんでいつもわたしにだけ掛けてくるのかな。先に行ってて」

そう返して会場の出入口へと戻って行った。

藍花に電話を掛けてくるのは、彼女を信頼しているからに違いない。

そう思いつつポケットからスマートフォンを取り出して見ると、浪坂からの不在着信が二件入っていた。

幕張メッセに訪れたのは勘に違いないが、根拠がなかったわけでもない。

犯人は北海道、福島県と事件を重ねてきたので、次はさらに東京に近いところに現れるだろうと思ったからだ。

通り道を考えるとオリンピックスタジアムの西側にある会場は考えにくい。

また犯人が次の四か所目も想定しているとすれば、オリンピックスタジアムに近い日本武道館や国立代々木競技場を選ぶ可能性も低い。

残った会場の中で、富士山麓から車で行ける距離にあることと、今日イベントが行われていることから、この幕張メッセを選んだ。

とはいえ、確信が得られる証拠など何一つないので、結局は勘と言うしかなかった。

「義松」

電話を終えて戻って来た藍花が横に並ぶ。

彼女は立ち止まらずにそのまま足を進めたので、同じように正面を向いたまま隣を歩いた。

「事件の犯人が捕まった」

「本当か？」

危うく声を上げそうになって抑える。

突然の、しかし喜ぶべき解決か。

しかし藍花の横顔は平然としたままだった。

「浪坂副部長からの連絡。本日の正午に、オリンピックスタジアムの近くにいた犯人を確保したって。捕まえたのは警備会社の人だよ」

「オリンピックスタジアムだって？」

まさか、いきなり本丸を狙ったというのか。

犯行声明文には、確かにオリンピックスタジアムこと国立競技場を爆破すると書かれていたが……。

「犯人は何者だ？」

「古手川陸《こてがわりく》、二十一歳男性、都内の大学生」

「……どういう奴だ？」

「ユーチューバー。【こてりく】の偽名で動画を投稿しているんだって」

「ユーチューバー？」

思いもよらない犯人像だ。

藍花は分かっていると言いたげな横目を向けた。

「炎上動画を多数投稿している、迷惑系ユーチューバーみたい。経歴を調べたらこれまでにも三回の補導歴があったって。今回も競技場の前でスマホを掲げて動画を撮影しているのを警備員が見つけたの。それで背負っていたリュックを開けさせてみたら、中から大量の花火が出て来たって」

「花火……」

「ロケット花火とか地面に置いて火花が出る奴とか。どれも普通に店で売られている物だけど、他人に危害を与えられるくらいの量だった。だから警察に通報して捕まえたんだって」

藍花の口から予想外の真相が次々と聞かされる。

「そいつが、時計台や福島の球場でテロを起こしたって言うのか？　証拠はあったのか？」

「本人が自白していたんだよ、昨日に配信した動画の中で」

「動画で自白？」

「時計台に火を付けたのはおれです。福島の球場でテロを起こしたのもおれです。皆さんごめんなさい。お詫びに明日、オリンピックスタジアムで一足先に打ち上げ花火で盛り上げますって。お陰でサイバー・セキュリティ・プロテクト本部にネットからの通報がじゃんじゃん来ていたんだって」

「それ……嘘だぞ」

「わたしもそう思う」

典型的な炎上動画のやり口だ。

動画の再生回数を増やす目的で、既にマスコミで報じられている事件の犯人を騙《かた》っているに違いない。

自白したところで調べてみれば犯人ではないことが明らかになる。

そうなると公務執行妨害しか罪は問えず、その程度なら屁《へ》とも思っていないのだろう。

「特警本部だって、そんな奴の言うことなんて信用していないだろ？」

「当然。例の犯行声明文のことも、ニュースで伝えていない事件の詳細も知らないって。しかも今になってから、あの動画の内容は嘘ですって言っているみたい」

藍花は不機嫌そうな表情で溜息をつく。

どうしようもない奴だ。

「似たような人たちは他に何人もいるみたい。だからと言って放っておくわけにもいかないし、万が一その中に真犯人がいないとも限らないでしょ。本部もそれで相当苛立っているみたいだよ」

「それで浪坂さんが電話を掛けてきた理由は？」

「現状確認。わたしたちが全然本部に戻ってこないから、それはそれで怒っているんだよ。義松が幕張メッセへ行くぞって言うから、今はそこで任務に当たっていますって話したら、それでいいって」

「おれに押し付けたな」

「電話に出なかったんでしょ？　それと、みちびきの郷のことも伝えておいたよ。あまり良い成果は得られなかったことも。浪坂副部長はそれに関しても分かったって」

一体何が分かったというのだろうか。

もう勝手にしろと言いたいのか、それとも何か、思うことがあるのか。

「ただ、今のところ、他の会場で新たなテロ事件は起きていないみたい。オリンピックスタジアムの馬鹿チューバーを除いては」

会話を続けながらも、左右のブースを見て回り、すれ違う来場者に目を走らせる。

こんな方法で犯人に遭遇できる可能性は極めて低い。

立ち止まってスマホを掲げている者も目に付くが、単に写真や動画を撮影しているだけに過ぎない。

あの犯人が、全く姿を明かさずに爆発物を残して立ち去るテロリストが、その中に紛れ込んでいるとも思えなかった。

十九

「今になって気がついたんだけど」

藍花がちらりとこちらに目を向けて話しかけてくる。

「わたし幕張メッセに来たの、今日が初めてだったよ」

「警視庁の管轄外だからな」

「仕事じゃなくてプライベートでも。義松は？」

「おれは……何年か前に、ロシアのサーカスを観に来た覚えがある」

「わたし誘われてないんだけど」

「誘っていないからな」

新聞社に勤めている男友達からチケットがあると言われて二人でここへやって来た。三十近い男二人でサーカスを観て面白いかと思ったが、行ってみると意外と楽しくて驚かされた。

帰り道でアクロバットな演技を真似るのもお約束だった。

「あの時は向こうのドームでやっていたな」

「ここへ来る前に見えたところだね。凄いなぁ、敷地が広過ぎて全然把握できない」

「把握できない……」

藍花の何気ない言葉が耳に引っかかる。

テロリストが爆弾を設置して爆発事件を起こすには、現場の状況を把握していなければならない。

手口が計画的で巧妙であるほど、行き当たりばったりで動くわけにはいかないだろう。

時計台では観光スポットであるにも関わらず、目立たない絶妙な場所に仕掛けられていた。

福島あづま球場では、実際に利用したことがないと気づきにくい男子更衣室に仕掛けられていた。

他の会場でもそんな場所を選ぶ可能性が高い。

そこまで現場に詳しく、無駄のない動きのできる人物とは、果たして単なる観光客や利用者なのだろうか。

会場の運営者なら全てを把握しているだろうが、当然自分が管理する建物しか分からない。

警備員なら任務に就いた会場を把握しているが、真っ先に疑いを持たれることも認識しており、警備会社も社員の人格と行動には常に目を光らせている。

その他に、様々な会場を詳しく見て回れる者がいるとすれば……。

「……会場を、建てた人間か？」

「え、何か言った？」


その時、耳をつんざくような轟音が突如して会場に響き渡った。


「な、何だ？」

二人とも足を止めて辺りを見回す。

スピーカーから流れるＢＧＭではない。

何かが落ちたり、倒れたりした程度の音でもない。

より大きな物が破壊された、地響きがするほどの爆発音だった。

「どこから聞こえた？　藍花！」

「あっちの、奥のほうじゃない？」

藍花は右手の遠くを示すが、ブースに阻《はば》まれて何も見えない。

その場から飛ぶように走り抜けて見通しの良い辻に立つと、こちらに背を向けて通路の奥を窺《うかが》っている人だかりが目に入った。

爆発音はその辺りから聞こえてきたらしい。

ホールの外周に沿って並んだブースの壁が、風もないのにグラグラと揺れていた。

「……倒れるぞ！　離れろ！」

とっさに叫んだ声が、どこまで届いただろう。

人々が逃げ始めた背後で、激しい金属音を立てて壁が倒れかかってきた。

風圧と悲鳴が真正面から体を通り抜ける。

それとともに、一斉にこちらに向かってくる人の波が押し寄せてきた。

「皆さん落ち着いて退避してください！　係の者の指示に従ってください！」

背後で藍花の声が響く。

状況を瞬時に理解して、自分の役目を判断できるのはさすがだ。

出入口へと向かう人々をかわして通路の奥へ向かう。

早まる足に合わせて思考も急かされた。

一体何が起きた？

いきなりブースの壁が倒れて来場者たちを巻き込むのを見た。

いや、その前に爆発音が聞こえたはずだ。

照明など電気設備がショートしたのか、何か危険物を取り扱う展示でもあったのか。

それとも……。

退避する来場者がまばらになる中、通り道の途中でうつ伏せに倒れているスーツ姿の男が目に入る。

通り過ぎるわけにもいかず、素早くその場に屈んで抱き起こした。

「もしもし！　大丈夫ですか！　どこか怪我をされましたか？」

「あ、ああ……」

半身を起こした男は弱々しげな声を上げる。

針金のように痩せた、皺だらけの老人だった。

どこかの企業の名誉職か、定年退職した元社員といったところか、ずれた眼鏡の中で小さな目をしばたたかせている。

突然のことで気が動転しているようだが、目立った外傷はなさそうに見えた。

「人混みの中で押し倒されてしまって……」

「災難でしたね。立てますか？　足が痛みますか？　ここは危険なので退避しましょう」

「く、車椅子が……」

「あ……」

男が指をさすほうに目を向けると、座面と背もたれが紺色の車椅子が横倒しになっている。

それで一旦、老人を寝かせてその場から離れると、車椅子を起こして再び老人を抱き上げて座らせた。

「あ、ありがとう。助かったよ」

「まだです。持ち上げますよ」

「え？」

まだ何か事件が起きる可能性もあるため、ゆっくりと移動してもらっている暇はない。

後ろから腕を伸ばして肘掛けを摑むと、力を込めて老人ごと車椅子を持ち上げた。

さすがに重いが、耐えられないほどではない。

そのまま通路を引き返して退避する列の最後尾まで辿り着いた。

「そこの方！　警察です」

車椅子を床に下ろしながら、目に留まった来場者の若い男に声を掛ける。

「この人も一緒に外へ連れて行ってください。車椅子なので人の流れに巻き込まれないように気をつけて」

「え、おれが？　この人は誰……」

「誰でもいいでしょうが！　ご協力ください！」

有無を言わさない口調で若者に老人を押し付けた。

「義松」

藍花が早足で近づく。

「会場のスタッフが県警と救急に通報したみたい。医務室の人もすぐに駆けつけるって」

「じゃあ負傷者は任せておけるな」

「……三度目のテロ事件かな？」

「分からない。一体何が起きたのか」

「爆発物処理班を要請すべきじゃない？」

「原因を特定させてからでいい」

そう返して再度、現場に向かって足を進める。

この機会を逃すと、またもや別の部署に事件を掠《かす》め取られるような気がした。

二十

事故は突然鳴り響いた爆発音の後、衝撃で揺らいだブースの壁が前方に崩落して大惨事になった。

そこで爆発は、ホールの壁面とブースの裏側に挟まれた隙間で発生したものと推測できた。

隙間は設営スタッフが電源の設置や配線が行えるように、一人が通れるくらいの幅が設けられている。

今は壁がなくなったのでホールの壁面までが剥《む》き出しになっていた。

床には血塗《ちまみ》れになった男女が五人ほど寝かされている。

息があるかどうかは分からないが、医療関係者らしき白衣の者たちが対応に当たっているので任せて通り過ぎた。

「無茶苦茶になっている……」

藍花は鉄材と合板の瓦礫《がれき》を除け歩きながらつぶやく。

イベント用に建てられたブースは素材も軽く容易に組み立てられるだけに、耐久性もなく爆発の衝撃も受けやすい。

とはいえ、これだけの規模を破壊するとなると、かなり大がかりな爆発物が必要となるのではないか。

「このイベント、入場者の管理は厳重だったよな」

「一般のお客向けのイベントじゃなくて、企業間の見本市だからね。たぶん受付で事前に集めた参加希望者の名簿と照らし合わせて確認して、入場パスを発行していたんじゃないかな」

大きな荷物を抱えて来場すれば、人目に付く可能性も高くなる。

受付に当たったスタッフなら印象に残っているかもしれないが……。

「でも、荷物を搬入した業者なら、たとえば台車に載せた展示品の中に爆発物を紛れ込ませたら分からないよね」

藍花がこちらの思考を察して話す。

あるいは、同じ事を考えているのかもしれない。

「搬入業者はブースの前に並べるだけだ。裏に回って爆発物を仕掛けていれば怪しまれる」

「でも、それって誰がやっても怪しまれるんじゃない？」

「いや、ブースの設営業者なら自然に見える」

爆発が起きる寸前に、一連のテロ事件を起こしている犯人を想像していた。

札幌の時計台と福島の野球場に爆発物を仕掛けた人物は、会場を建てた人間、つまり建設業者の中にいるのではないかと思いついた。

彼らなら建物の構造を理解しているので、死角や有効な手段も想定しやすいだろう。

「じゃあ今回のブースを設営した業者を調べれば、何か分かるかもしれないね。イベントの運営会社に問い合わせれば関わった個人まで突き止められると思うよ」

「参加者、関係者のリストを受け取っておく必要はあるな。昨日の野球大会の参加者よりは特定できそうだ。問題はそれで犯人が見つかるかどうかだけど……」

歪《ゆが》んだ鉄骨を辿っていくと、他の鉄骨と連結していた繋ぎ目が大きく歪んで外れているのを見つけた。

鉄材がちぎれたような断面を見ても、倒れた際に破壊されたのではない。わずかに黒い煤《すす》が付着しているところから、ここが直接爆発を受けた箇所だと分かった。

この連結部分を壊した結果、他の部位が重心のバランスを崩して連鎖的に倒壊したのだろう。

爆発物は想像していた物よりも小さかったのかもしれない。

犯人が建築に明るい人間だからこそこれだけ大きな被害をもたらしたのだ。

周辺には合板の木屑《きくず》に混じって段ボールの切れ端が散乱している。

その中の一片には黒色で線の太い○印が半分だけ残されていた。

「五輪の、三つ目の円……」

「義松、時計もあったよ」

藍花は腰を屈めて床の瓦礫を慎重に取り除いている。

彼女が見つけた時計は既に大きく破損していたが、これまでの現場で見つけた物と同じ、安物の置き時計だった。

「やっぱり、この爆発も同じテロ事件だったのか」

爆発物と置き時計の辺りを見回してから、ふと顔を上げる。

目の前には幅の広い鉄扉が設けられており、その先はホール外の廊下へと繫がっているようだ。

今回のイベントではブースの壁に隠されているので、ここから会場内へ出入りすることはできない。

しかし鉄扉を開けるとホールの外とブースの壁の裏側へ直接入ることができる。

つまり、来場者でなくても、設営業者でなくても、外から入って爆発物を仕掛けることも不可能ではなかった。

そして鉄扉にはコピー用紙にしたためられた例の犯行声明文が貼り付けられていた。

東京オリンピックヲ中止セヨ

開催スレバ国立競技場ヲ爆破スル

「くそ……」

いつの間にか、口の中で自然と強く歯を嚙み締めている。

それは、姿も見せずに淡々と計画を遂行する犯人への怒りではない。

テロ事件の現場にいたのに、防ぐことも気づくこともできなかった自分への悔しさだった。

【七月二十二日　木曜日】

二十一

幕張メッセでのテロ事件は、管轄する千葉県警が捜査にあたり詳しく調べられることになった。

結果は予想通りで、爆発物は二つの事件と同じ時限発火付きの装置が使用されており、それがブース裏側の連結部分を破壊したことで広範囲の倒壊へと繋がったものと推測された。

そして事故により一名の来場者が鉄骨を頭部に受けて死亡、五名が骨折などの重傷、十三名が軽傷を負う大惨事となった。

メディアも一連の事件を大きく取り扱い、スポーツ新聞などで【不吉を運ぶ聖火ランナー】や【爆弾テロのリレー】や【爆走スプリンター】と好き勝手に名前を付けて報道している。

さらにテレビでは中東のテログループＩＣＢＳの脅威も繰り返し伝えては、スタジオの芸能人や軍事評論家のコメントを交えてしきりにオリンピックの危機を訴えていた。

インターネットではそれに加えて、オリンピックスタジアム前で取り押さえられたユーチューバーの情報も飛び交っている。

こちらはやはり事件とは全く無関係らしく、【いつか捕まると思っていた】や【迷惑系配信者の末路】など、短絡的な行動を非難し笑い物にするコメントが多く見られた。

一方、ＩＣＢＳに関しては、致死性のある新型ウィルスをオリンピックの期間中に散布する計画があるという不穏な噂が広まっているらしい。

これは昨年から世界中で流行している新型コロナウィルスを遥かに上回る感染力を持ち、散布されると日本はおろか世界が再び大混乱に陥ると恐れられていた。

ただし、これは嘘の情報、フェイクニュースに他ならない。

特警本部内でも得ていない出所不明の情報であり、ＩＣＢＳにそのようなウィルスを開発する施設や設備も確認されていない。

他の国や組織からそのような提供があったとも考えにくく、まさか白衣を着たマッド・サイエンティストが独自に発明したというのも現実的ではなかった。

とはいえ、ＩＣＢＳが壊滅でもしない限りは、警察が否定したところでデマの拡散を止めることはできないだろう。

結局、社会が大きな不安を抱いているからこそ、過激な報道やデマが止まることなく広がっていくのだ。

警視庁内の仮眠室で浅い眠りをとった翌朝、枕元に置いていたスマートフォンの着信音で目を覚ました。

仰向けに寝転んだまま確認すると浪坂副部長からメッセージが届いており、藍花とともに小会議室まで来るようにとの指示だった。

素早く身支度を整えて仮眠室を出ると、同じく別室で休息していた藍花と合流する。彼女もさほど眠れてはいないはずだが、髪も歩き方も普段と変わらず整然として乱れがなかった。

「おはよ、副部長からのメッセージは見た？」

「見た。あれって午前の会議の前に会いに来いってことだよな。なんだろう」

「心当たりはある？」

「……特に、何もないと思うけど、そっちは？」

「何もないと思っている義松に驚くわ」

藍花は冷たい横目を向けて呆れたように言う。

昨日のことか、福島でのことか、時計台でのことか。

確かにここ数日は単独行動に走ることが多い。

しかし呼び出しを受けるほどの逸脱行為ではないつもりだった。

「義松、ネットでニュースは見ている？」

「どのニュースのこと？　うんざりする話題ばかりで真剣には読んでいないけど」

「イタリアとスペインがオリンピックの不参加を検討しているらしいよ」

「本当か？」

想像以上の大きな事態に驚いて思わず聞き返す。

藍花は廊下に足音を響かせながらうなずいた。

ついに、そんな段階まで来てしまったか。

ＩＣＢＳの犯行声明と、国内で続く爆弾テロ事件を懸念してのことだろう。

「正式な表明じゃないけど、地元のメディアがそう伝えているって」

「オリンピックの開会式は明日の夜だぞ。選手団だってもう来ているだろうに」

「本国が不参加を決めたら、そのまま帰国するだろうね。イタリアもスペインも新型コロナウィルスの感染被害が大きかったから、今はスポーツより国の復興が重要課題になっている。ＩＣＢＳがまた別のウィルスを所持しているという噂もあるみたいだし」

「そんな噂、おれはデマだと思っていたけど」

「わたしもそう思う。だけど世界が不安に駆られているのは本当でしょ。どこも国民感情は無視できないんだよ」

「イタリアとスペインが不参加になったら、どうなる？」

「ドミノ式に、他の国々も追従して不参加を決めるかもしれない」

「アメリカや中国も？」

「その二国はもっと慎重で、したたかだよ。各国の反応と日本の対応を窺っていると思う。不参加の国が増えれば引き上げるとも言い出しかねない」

「もしそうなったら、オリンピックどころじゃないな」

「オリンピックどころか外交上の大問題に発展するよ。今さら中止なんてできないけど、これが史上最後のオリンピックになる可能性だってあると思う。日本だって黙っているわけにはいかないし、主要国が参加してくれないとオリンピックの大義も失われるだろうからね」

藍花の台詞《せりふ》は誇張ではない、想定できる最悪のシナリオだろう。

国々の思惑など知ったことではない。

オリンピックの意義や目的など、自分には何の関係もない。

ただ、爆弾テロ事件の犯人が望む状況に向かいつつあることだけに怒りを覚えた。

「悔しいね」

藍花がぽつりとつぶやく。

そう、怒りよりも悔しさのほうが大きい。

目の前で起きるテロを防げず、犯人も捕まえられなかった自分たちは、とても刑事の仕事を果たせているとは言えなかった。

特警本部に割り与えられた小会議室には浪坂が一人で席に着いて電話をかけていた。

長テーブルが一つとパイプ椅子が四脚だけの小さな部屋で、捜査チーム内での班会議や、密談というほどでもない話し合いなど多目的に使用されている。

やがて電話を終えた浪坂が大きく溜息をついてからこちらに顔を向けた。

「二人ともご苦労さん。おい、足利、顔を合わせるのは久しぶりだな」

「ご無沙汰《ぶさた》しております。お元気そうで何よりです」

「元気なもんか。席に着け、五分で済む」

浪坂は笑うこともなく、手帳を開きつつボールペンを振って指示を出す。

少し前に見た時よりも、顔が不健康に赤黒くなり、頭の白髪も増えたように思えた。

「今の電話は千葉県警からだ。昨日、幕張メッセで起きた爆発事件のことだが、うちで引き継ぐように言ってきた」

「それはまた、どういう風の吹き回しですか？」

「至ってまともな対応だ。オリンピックに関係した事件だから、特警本部が捜査をするのが筋ってもんだ」

「それはそうですけど、他の管轄では……」

「テロ事件が世間に知れ渡った今となっては、県警が抱え込む意味もないということですか」

藍花の説明に浪坂も黙ってうなずく。

特警本部が捜査権を得るのは望んでいたことだったが、協力体制を組むわけでもなく、単に厄介ごとを押し付けられただけにしか見えない。

ワン・チームの合い言葉を都合良く利用されているのは明らかだった。

「昨日、お前たちが犯人を捕まえてくれたら良かったんだがな」

「それについては、弁解のしようもありませんが……」

「阿桜から聞いたが、幕張メッセへ向かったのは足利の考えだそうだな」

浪坂は顔を手帳に向けたまま、冷たい眼差しだけをこちらに向ける。

「どうして、そこで事件が起きると思った？」

「たまたまですよ」

「本当か？　何か情報を摑んでいるんじゃないか？」

「残念ながら。おれ自身が一番驚いているんです。こんなことになるなら浪坂さんに警備の増員を要請していれば良かったと思っています」

「副部長。しかし犯人が次に出現する場所はかなり絞り込めると思います」

藍花が続けて言う。

「犯人は明日の開幕日にオリンピックスタジアムでテロを起こすことを最終目標にしています。それで札幌の時計台から、福島の球場、千葉の幕張メッセと徐々に東京へ近づいていることが分かります」

「それで？」

「と言うことは、今日もまたテロ事件が起きるとすれば、幕張メッセとオリンピックスタジアムの間にある会場が標的になる可能性が高いです。それでも湾岸沿いの会場も含めると二十か所ほどもありますが、全国全ての会場を警戒するよりは注力できるのではないでしょうか」

「確かに、今さら遠くの会場を狙うとも思いにくいな。足利も同じ意見か？」

「そうっすね。その中でも今日、イベントか何かで人が多く集まっている会場が危ないんじゃないですか？」

「それだけか？　他に思い当たる節はないか？」

「……ありませんよ。何が言いたいんですか？」

「もし今日テロが起きて、それでも犯人を取り逃がしたら、おれたちはもう次がないんだぞ」

「分かっていますよ。そんなこと」

規律に厳しくて嫌みたらしい性格なのはよく知っているが、今朝はそれに輪をかけてねちっこい気がする。

開会式を目前に控えた緊急事態の中、犯人を取り逃がしてしまったことが余程気に入らなかったのか。

あるいは、警視庁内に留まらない上層部からの叱責と、寄せ集めた部下から不平不満を一身に受けて、直属の部下を相手に鬱憤《うっぷん》を晴らしているだけかもしれない。

「心許ないが、その線で行くしかないか」

浪坂は深く溜息をついて手帳を閉じた。

「……役立たずと思われているかもしれませんが、おれたちもどこかの会場に貼り付きますよ」

いけ好かない相手には違いないが、それでも数年来の上司を無碍《むげ》にはできない。家に帰れば妻と二人の娘から邪険に扱われていることも知っているだけに、売り言葉に買い言葉で口喧嘩をするのも気が引けた。

「今日、明日は浪坂さんの指示に従います。案山子《かかし》を立てておくよりはまだ使えるつもりです」

それに今となっては捜査の細い線を辿るよりも人海戦術で警備にあたるほうが確実だろう。

隣の藍花も同意するようにうなずいた。

ところが、なぜか浪坂のほうがゆるゆると首を振った。

「いや、それには及ばない。お前たちはどの会場にも顔を出すな」

「え、それじゃ何を……」

「阿桜も足利も、今をもって特警本部から解任する。元の捜査一課にでも戻っていろ」

「はぁ?」

浪坂の返答に思わず声を上げる。

一瞬、冗談を言っているのかと思ったが、そんな場でもなく、笑うポイントも見当たらない。

しかし辞令書もなく口頭で、さらにオリンピック開会式の直前に任務を解かれるなど思ってもいなかった。

「浪坂さん、それはまた、どういう意味ですか？」

それでも苦笑いを浮かべて聞き返すが、浪坂は黙ってこちらを見据えている。

嫌な間だ、学校で先生に呼び出された時のことを思い出す。

「副部長、説明してください。どうしてわたしたちが特警本部を追い出されるんですか？」

代わりに藍花が怯《ひる》むことなく問い質《ただ》す。

「今は一番、捜査員がいる時じゃないですか？　それとも捜査一課で別の大きな事件が起きたんですか？」

「おい、足利……お前、一昨日誰に会っていた？」

「え？」

浪坂は藍花の発言を無視してこちらに問いかける。

「新日本革命主義連合の、赤月暮太と接触していたそうだな」

「ああ……」

その一言で、浪坂の怒りと急な解任の理由を悟る。

隣の藍花が驚いた顔で振り向いていた。

「そうなの？」

「……確かにその通りです。代々木の喫茶店で待ち合わせて彼と会いました」

「おれは聞いていないぞ」

「事件が終わってから話すつもりでした。もちろん捜査が目的です。やましいことをしたつもりはありません」

「昨日、お前たちが行った、何とか村のことか」

「みちびきの郷です。そうですね、赤月から聞きました。ただ、あまり有益な情報は得られませんでした。だから浪坂さんにも詳しく伝えていませんでした。意味がなかったので」

もう誤魔化しても仕方がないので正直に話す。

先ほどから彼の態度がいやらしかったのもそれが理由のようだ。

「でも浪坂さん、その程度のことでおれたちを特警本部から外すんですか？　今はそれどころじゃないでしょ」

「なぜ、前もって話しておかなかった」

「いや、それは謝りますよ。申し訳ございません。忙しくされていると思って、つい後回しにしてしまいました。せめて一言くらいは伝えておくべきだったと思います。だけど……いや、浪坂さん、どこからこの話を？」

「公安だ」

「あ……」

ぞっと、背筋に冷たいものが走る。

想像以上にまずい事態に発展している。

横槍に脇腹を突かれて、そのまま壁に縫い止められたような気がした。

警視庁公安部は国家体制の維持を目的に、国内外のテロリストや過激派、市民活動家や宗教団体、政治政党や各省庁、自衛隊までも対象に監視と情報収集を行っている部門だ。

その内情は警察組織内でも秘密とされており、選《え》りすぐりのエリートが人知れず活動を続けていると聞いていた。

部外者に一切明かされていないのは、身内の警察官も監視の対象に含まれているからだ。

そして警察内部の不穏因子、警察官となって紛れ込んでいるかもしれないスパイやテロリストを取り締まる役目も担っていた。

「昨日の深夜に呼び出された。おい足利、この緊急事態の最中に余計なことをやってくれたな」

浪坂はボールペンを振って恨めしそうに睨む。

「おれ、スパイじゃないですよ」

「当たり前だ。スパイならもっと賢い奴が選ばれる」

それもそうだ。

それにしても一体どこで見られていたのか。

あの喫茶店の客に紛れ込んでいたのか、赤月暮太の行動を尾行していたのか。

「でも浪坂さん、会ったのがそんなに問題ですか？　赤月は既に出所しているし、新革も今のところは何も行動を起こしていないでしょ。聞き込み捜査が禁止されているわけでもないし、公安にとやかく言われる筋合いはないですよ」

「札幌で起きた時計台への放火が、オリンピックに関するテロ事件だと話しただろ。時限発火装置のことも、犯行声明文のことも」

「それは……でもそんなの、メディアでも散々言われているじゃないですか」

「その前に、だ。時系列を誤魔化すな。お前が赤月に話した時はまだどこにも知られていなかったはずだ」

浪坂の反論を受けて心の中で舌打ちする。

どうやら公安が問題視したのはその点らしい。

「浪坂さん、いや……そこまで知られているということは、公安に知らせたのは赤月暮太本人なんでしょうか？」

「おれが知るか。一番の問題は、お前がおれに知らせていなかったことだ。公安からいきなりそんな話をされて、おれは何と答えたらいいんだ。初耳です、まったく認識していませんでしたと言うしかないだろうが。弁明する暇もない。その時点でアウトなんだよ」

「すいません」

もはや弁解の余地はない。

ここで抵抗しても事態は変わらない。

然るべき処分を下さなければ、今度は浪坂の副部長としての資質が問題視されるだろう。

隣の藍花は唇《くちびる》を強く結び、鋭い眼差しを向けている。

怒っているのか、呆れているのかは分からないが、問題児に失望しているのは確かだ。

浪坂は手帳を閉じて席を立った。

「ともかく、これ以上お前たちにこの仕事は任せられなくなった。刑事部に帰って他の仕事に当たれ。休みたかったら好きにしろ。いいな」

「待ってください、浪坂さん」

脇を通り過ぎようとする浪坂の腕を振り返りざまに摑む。

「おれのことはもういいです。だけど阿桜は、この経緯を何も知りませんでした。彼女に非はありません。降ろすのはおれだけにしてください」

「義松……」

藍花は戸惑いの表情を見せている。

さすがに彼女まで巻き込むわけにはいかなかった。

「お前らはコンビだ。二人一組で行動していただろうが」

「おれが振り回していただけですよ。大体このことを知って、彼女が浪坂さんにまで黙っていると思いますか？　報告しておくべきだと催促してきますよ。だからおれも話さなかったんです。だって面倒なことになるのは分かっていたから」

「お前、おれを舐《な》めているのか？」

「公安も行動を問題視しているのはおれだけでしょ？　赤月暮太と会っていたのはおれだけなんだから。阿桜まで含めたのは浪坂さんの判断だ。だったら彼女は不問にしてください。別にいい格好をしようってわけじゃない。彼女は有能だ。テロ事件の現場へも全て足を運んでいる。せめてこの事件が解決するまでは特警本部に残しておくべきです」

浪坂に向かって声を上げて懇願する。

彼は仏頂面を固めてじっとこちらを見つめた後、鬱陶《うっとう》しそうに摑んでいる手を振り払って背を向けた。

「阿桜、来い。八時から会議を始めるぞ」

「はい」

命令を受けて藍花は普段通りの冷静な態度で素早く席を立つ。

「……馬鹿」

そして水滴が落ちるような小声でそう漏らすと、浪坂を追って小会議室から出て行った。

誰もいなくなってから、パイプ椅子にぐったりともたれて、腕をだらりと垂らして天井をぽかんと見上げた。

足利義松選手、不正行為疑惑により失格処分となりました。

二十二

特警本部を追われた後、元の捜査一課に戻るのも癪《しゃく》だったので、そのまま外へ出てしばらく当てもなくぶらついていた。

オリンピック開会式の前日だが町は意外と平然としていて、働いている者も休んでいる者も変わらない日常を送っているように見えた。

騒動の渦中にいると誰もが同じ危機を共有しているように感じられるが、一旦抜け出すと深刻さとは無縁の世界が広がっている。

東京で起きるかもしれないテロ事件は恐ろしいが、まさか起きるはずもないという楽観的な風潮と、警察への信頼感も少しはあるのかもしれない。

同時に、自分たちに何かできるわけでもなく、結局成り行きを見守っておくしかないからだろう。

そんなことを考えられるようになったのも、自分がこちら側の人間になってしまったからか。

しかし、楽観的な風潮と警察への信頼感までは共有できず、その上で成り行きを見守るしかないというのは苦痛でしかなかった。

神奈川にある実家近くの総合病院に着いた時は、既に昼過ぎになっていた。

空は昨日と打って変わって晴れ渡り、盛夏の日射しが町と人をむらなく熱し続けている。

お陰で院内に入ってからも体が落ち着かず、待合室のソファで何を待つこともなく腰を下ろしてクールダウンに勤しんだ。

病院のエアコンは概して冷えすぎないように設定されているようで、この時期の来院にはなかなか厳しいものがあった。

「喋《しゃべ》る時にね、ちょっとこう、ためらいがあるんだよ」

母はベッドに座って息子を出迎えるなり、挨拶とともにそう切り出した。

訪れた病室は以前の個室から六人部屋へと移動していた。

ベッドとその周りだけをカーテンで仕切った狭い空間で、パイプ椅子に座って対面していた。

「ためらいって？」

「なんだろうね。言葉が出ないというか、舌がうまく動かないとか、呂律《ろれつ》が回らないってこういう感じなのかしら」

「先生には言ったの？」

「うん。でもまあ、そうなることもあるって。普通に話せているから心配ないでしょうって」

「おれも、特には気にならないけど」

「でも違うのよ。わたしには分かるの。これはいつもと違う。まあ入院生活でぼけちゃったのかもしれないけど」

母はそう言って自嘲気味に笑う。

実際、母の口調は普段よりもゆっくりで、どこか辿々《たどたど》しい印象がある。しかしそこを指摘したところで不安にさせるだけなので黙っておいた。

医師の話によると母の容体は快方に向かっていて、検査の結果も良好で重大な後遺症も今のところは見つかっていないらしい。

ただ血圧を下げる薬の服用は必要で、食事や運動の習慣などの見直しも求められていた。

日常生活の改善とは、言うだけなら簡単だが、実際に行うとなると一筋縄ではいかない。

路上で倒れて病院に担ぎ込まれたこともあって今は反省しているようだが、果たして退院後も自らの健康と真摯に向き合えるかどうかは分からなかった。

「ところで義松、あんたどうして、ええと、急に来たの？」

「様子を見に来ただけだよ。また急に電話がかかってきても困るし」

目を逸らしつつ、適当に付けた理由を話す。

思いがけず時間ができてしまったので、せっかくだから来ただけだった。

「平気よ。何かあったら桃ちゃんが連絡してくれることになっているから」

「任せっぱなしにはできないだろ。桃ちゃん、次はいつ来るの？」

「夕方に洗濯物を取りに来てくれるわ」

「そう。じゃあよろしくお願いしますと言っておいて」

そう返して菓子箱の入った袋を母に見せてから脇に置く。

ここへ訪れる途中の店で買った物だった。

母はそれをしばらく見つめてから、ほうほうと声を漏らした。

「気を遣わなくてもいいのに。あんたも大人になったねぇ」

「母さんにあげたんじゃないぞ」

「彼女でもできたの？」

「さっき別れたばかりだよ」

ふと、藍花の見下すような眼差しが思い浮かんだ。

「さっき別れたって、あんた仕事はどうしたのよ」

「冗談に決まってるだろ」

「だけど、オリンピックの警備をしているって言ってなかった？　こんなところにいていいの？」

「……いいんだよ。それより母さん、他に調子が悪いところはない？　喋る以外に、いや、喋るのも大して問題なさそうだけど。手足が痺《しび》れるとか歩きにくいとかない？」

「えらく心配してくれるんだね。先生みたいに」

「その先生から聞けって言われてんだよ。身内だと些細《ささい》な不調に気づいたり、患者が話したりすることともあるからって」

「そうねぇ……何だか、ぼんやりしているわ。ずっと頭の中に靄《もや》がかかったみたいで、歩いていてもふらつく時があるし。寝すぎと運動不足のせいかもしれないけど」

「薬の副作用じゃないか？　しんどいの？」

「全然。ぼーっとしているうちに時間が過ぎていくだけ。たぶん死ぬ時ってこういう感覚が長くなっていくんだろうね。もしそうだったら楽でいいわ」

「そっちは冗談に聞こえないぞ。もうちょっとだけ長生きしてよ」

母は、はいはいと言って笑みを浮かべる。

パジャマを着て病院のベッドにいるせいか、以前よりも小さく、弱々しく見える。病院食と薬のせいか顔色も青白く、髪も整えていないので大きく乱れて白髪も目立つようになっていた。

「そうそう、夢を見たわ」

「お祖母ちゃんの夢よ」

「何の夢？」

「お義母さんの夢。一昨日に話した……話したよね？　お父ちゃんのお母さんの夢よ」

「ああ……オリンピックが嫌いな怖いお祖母ちゃんだっけ？」

「そう、昔のままでね。でもわたしは今と同じで、このベッドで寝ていたらいきなりやって来たのよ。もうびっくりしちゃったわ」

「……それ、お迎えに来たんじゃないの？」

「とんでもない。お義母さんってば何が気に入らないのか、いつもみたいに険しい顔をして、まだ寝ているのかい、いいご身分だねって。わたしがこの家に来た頃は、朝の四時には起きていたけどねって嫌味を言われたわ」

「そりゃ厳しいな」

「だからパッと起きて、すいません、すぐに支度しますって謝り続けていたの。何の支度か分かんないけど、大変だ、とにかく早くやらなきゃって焦っていたわ。あとになって思うと、こっちは倒れて入院しているんですから、お義母さんは勝手にしてくださいとでも言い返せば良かったのに。夢の中だと身動きが取れないって言うか、そんなことすら思い浮かばないものね。お陰で起きてからも昔のことばかり思い出しているわ」

「何て言うか……よっぽど嫌いだったんだな、お祖母ちゃんのこと」

　母に代わって自分に義松という名前を付けて、一歳の時に亡くなったという祖母。

　祖母は一九六四年、東京オリンピックが開催された年に両親の離婚を経験したお陰で、それ以来オリンピックそのものが大嫌いになったそうだ。

四年に一度の大イベントは、その時代を生きた人々の心に節目の楔《くさび》となって強く打ち込まれる。

きっと誰もが、それぞれのオリンピックに、それぞれの思い出を持ち続けているのだろう。

今年のオリンピックもいずれはそうなっていく。

良い出来事も悪い出来事も、あの東京オリンピックが開催された年の記憶として、心の遺産《レガシー》となって残り続けるのだろう。

もちろん自分にとっても、今のこの心境とともに……。

「義松」

填《は》まり込んだ思考の深淵から掬《すく》い上げるように、母から声をかけられる。

彼女は近頃では見た覚えのない、子供を叱るような眼差しを向けていた。

「あんた、用がないなら仕事に戻りなさい」

「……いきなりどうした？」

「いつまでもこんなところにいちゃ駄目でしょ。あんたにはやらなきゃいけないことがあるんだから」

「何の話？　やらなきゃいけないことって、何？」

「そんなの知らないわよ。あんたが何をやっているのかも知らないんだから」

「だったら……」

「でも、そんなの関係ないでしょ。あなたが今やるべきことは、わたしの話し相手じゃないでしょ。さっさと帰って仕事に励むことよ」

「何だよ、お祖母ちゃんに叱られたことでも思い出したのか？　だけどおれは……」

「わたしが思い出したのは、お父ちゃんのことよ」

「父さん？」

そう聞き返すと母は、やはり近頃では見た覚えのない優しげな表情に変わった。

「ねぇ義松、前にあんた、陸上で大怪我したことがあったでしょ」

「……膝を割ったことか？　高校一年の頃の」

十四年ほども前になるが、母はついこの間の出来事のように語る。

「あの時、お父ちゃんがあんたを一所懸命励ましてくれたでしょ。きっとまた走れるようになる。大会にも出られる。お前ならできるから絶対に諦めるなって。仕事から帰ったらリハビリにもトレーニングにも付き合ってくれたよね。わたしもちょっとは応援したつもりだけど。覚えてる？」

「当たり前だろ。父さんにしては珍しく厳しかったけど、お陰で挫《くじ》けずに何とか復帰できたんだ。感謝しかないよ。もちろん母さんにもね」

「でもわたし、あの時、本当は陸上なんて止めてもらいたかったんだよ」

「え？」

「だって、もう無理だろうって思ったからね。もちろん普通に歩けて、走れるようになっては欲しかったけど、大会に出て順位を競うようなのはもう止めたほうがいいんじゃないかって。また怪我したら大変だし、一位を取るのも難しくなるでしょ。きっと辛いことのほうが多くなるだろうって思っていたのよ」

母は笑うことなく告白する。

もう遠い昔の出来事だから、今となっては驚き以外の感情は湧かなかった。

極めて現実的な判断であり、実際その通りでもあった。

「だけど、お父ちゃんはそんなの関係ないって。まだ義松の顔は諦めていないから、おれは復帰するまであいつを応援し続けるって言ったのよ」

「おれの顔が、諦めていないから？」

「あの時、あんたも迷っていたんじゃない？　本当に元の通りに走れるようになるのか、また大会に出て一位になれるのか、おれは絶対に回復してやるなんて言わなかったし、どうなるか自分でも判断できなくなっていたでしょ？」

「それは、そうかもしれないけど……」

「お父ちゃんが言っていたよ。もし義松がもう諦める、陸上は止めるって言うのなら、おれも反対はしない。でもまだ未練があるのなら、何が何でも復帰させるのが父親の役目だって。今の気持ちを引きずったまま終わらせたら絶対に後悔することになる。復帰して、それでも勝てないと分かったら諦めが付くし、それでも優勝できるなら万々歳だろって。そう言ったのよ。だからわたしも一緒になって応援したんだよ」

「そうだったのか……」

「だけどそのあとすぐにお父ちゃんがああなっちゃって、それからあんたは、やっぱり陸上を止めるって言った。その時わたしが何も言わなかったのは、あんたが自分自身にけじめを付けたのが分かったからよ。もしお父ちゃんが死んだのを理由にするなら、わたしは続けなさいって言ったかもしれないけどね」

「……それも、理由の一つだったかもしれないよ。父さんが死んだら家計が苦しくなるだろうなって」

「分かっているわよ。陸上選手なんて失敗したら終わりだし、成功したって大会やらトレーニングやらで凄くお金がかかるからね。だけど、それはあんたの中でも一番の理由じゃなかったでしょ？」

「それは、もちろんそうだよ」

もしもあの時、まだ陸上に未練があったとしたら、かつてのようにオリンピックで金メダルを狙うほどの自信があったとしたら、家のことなど顧《かえり》みずに競技を続けていただろう。

一位になれば誰も放っておかないはずだから、金のことなど気にしなくてもいいと思っただろう。

陸上を止めた理由はただ一つ、もう勝てないという単純な判断だけだった。

「だから諦めずに頑張れなんて言わなかった。お父ちゃんも何も言わないだろうと思ったからね。まぁ、その代わりに警察官になるって言った時には、本当にこの子はどうしようもないと思ったけど。それでもあんたなりに考えた次の道だから黙っておいたわ。もう何を言っても聞かないだろうしね」

「おれが警察官になるのは反対だったのか？」

「褒められるとでも思ったの？　あんたも結婚して子供ができたら分かるわよ」

母は悪戯《いたずら》をした息子に呆れたような笑顔を見せる。

「それでわたしは、あんたの顔を見ていたら、お父ちゃんが言っていたことを思い出したのよ」

「父さんの？」

「義松の顔はまだ諦めていないって。今のあんた、何か迷っているんじゃない？　諦めきれないことがあるんじゃないの？　だからわたしは仕事に戻りなさいって言っているのよ。ここにいたって何も変わらないからね」

「おれは」

「話さなくていいわよ。どうせ聞いたって何も分からないんだから」

「ああ……」

「わたしもお父ちゃんも、あんたに願っていることは、ずっとおんなじ。あとになってから、あの時もっと頑張れば良かったなんて、格好悪いことだけは言わないでよ」

「……そうだな。分かった、帰るよ」

言い返す言葉もなく、ただうなずいて席を立つ。

何も言っていないのに、何も知らないはずなのに、まったくその通りだと思った。

母は、はいはいと言ってベッドにもたれて目を閉じた。

「何だか一杯話して疲れちゃった。桃ちゃんが来るまで寝るわ」

「ごめん。大変な時なのに余計な心配をさせて」

「お陰さまで、舌もよく回るようになったわ。やっぱり人間、ぼんやりしてちゃ駄目ね。こっちは心配いらないから、もう来なくていいわよ」

しっしっと犬を追い返すように手を振られる。

励ますつもりで来たのに、逆に励まされたというべきか。

あるいは、初めからそのつもりで来てしまったのかもしれない。

「母さん」

「何よ」

「……明日の午後八時はテレビを観ろよ。オリンピックの開会式だから」

「ああ、そうだったね。ふうん、きっと凄いんだろうね。楽しみだわ」

「そう、楽しみだ。それじゃ、安心してゆっくり休んで」

それだけを返すと足早に病室を出て病院から立ち去る。

外へ出るやいなや再び強い日射しと高温に晒《さら》されて、全身の血が沸き立つような感覚を抱く。

母の言う通り、こんなことをしている場合ではなかった。

事件はまだ終わっていないのだから。

二十三

病院を出た後は刑事部へ電話をかけ、捜査一課の課長に欠勤の旨を連絡した。

課長は地頭《じとう》という、栗の渋皮煮のような坊主頭に色黒の顔をした五十代の男だが、彼は特に追及することなく、おう分かったの一言で済ませられた。

既に浪坂から捜査一課へ戻す連絡は入っているだろうから、任務に何か大きなしくじりがあったことも知られているだろう。

それだけに、使えない奴は勝手にしろという気持ちで返答されたのだ。

優しい言葉で慰《なぐさ》めてくれたり、気を遣ってくれたりする上司もいなければ、そんな生《なま》温《ぬる》い職場でもない。

だから部下としては上司の気持ちを汲み取って、好き勝手にさせてもらうだけだった。

東京へ引き返したが警視庁へは戻らずに、新橋駅で降りて近くのカラオケ店を訪れる。

店は夏休み中の学生たちでいくらか混雑していたが、受付で一番狭い部屋を希望して一人で入室した。

ちょうど午後に入ったところだったので、ワンドリンクのウーロン茶に加えて海老ピラフとナポリタンを注文する。

もちろん、飯を食うために入店したわけではない。

いきなり任務を解かれた怒りと悔しさを歌で発散させるために来たわけでもない。

食事を終えて部屋奥のカラオケ装置に向かうと、操作盤のボリュームを下げてＢＧＭを消音にする。

店によっては客が機械を操作できないようにしている場合もあるが、何度も足を運んでいるこの店では扱えることを知っていた。

密閉率の高い部屋は押し黙ったように静かになり、遠くのほうで他の部屋の音が微《かす》かに聞こえるだけとなる。

これで、誰にも邪魔をされない防音の個室が、しかもエアコン付きで手に入った。

札幌市の時計台から端を発した一連のテロ事件は当初、その突発的で理不尽な犯行ゆえに犯人像が摑みにくく捜査を難航させていた。

しかし福島市の福島あづま球場、千葉市の幕張メッセと続く中で、ようやく犯人の正体がおぼろげながらも見えるようになってきた。

まず、このテロ事件の犯人は中東のテロ組織グループＩＣＢＳとは無関係と思われる。

ＩＣＢＳはネット動画で東京オリンピックへのテロを宣言したが、一連の事件については全く言及していないからだ。

犯行声明文を残したり、古い時限爆弾装置を用いたりしているところを見ても、国際的に暗躍するテログループの犯行とはとても思えなかった。

次に、犯人は単独か数名程度の小規模なグループと思われる。

犯人が集団であるならば、小さな爆発を各地で繰り返すよりも、全国で一斉に発生させたほうが世間に強いインパクトを与えられる。

小さな爆弾を使用して、一日一箇所だけでテロ事件を起こしているのは、それが犯人の限界であるように思えた。

さらに、新革の赤松暮太から得た情報と、山奥に潜むみちびきの郷の情報も無視できない。

新革もみちびきの郷もテロ事件への関与は否定している。

先の犯人は集団ではないという推測もそれを示している。

その上で、みちびきの郷の名前を出して、新革の幹部と接触した人物がいたとすれば、それこそ事件の犯人に合致する可能性があった。

そこで想像されるのが、みちびきの郷で生まれて幼少期を過ごした若者が、これまで溜め込んできた国や政府への恨みを理由に、村と村長の名を使って新革の幹部と接触し、テロの知識を得て復讐に臨んだということだ。

古臭い犯行声明文の使い方も、インターネットに頼らない【惑惑時計】の知識も、現代社会に馴染《なじ》みきれない犯人なら納得できた。

その上で犯人は、テロ事件を起こす施設の構造に詳しく、ある程度は建築の知識も有しているように思える。

姿を見せず、影も残さずに三つの施設に爆発物を仕掛ける手際の良さと、幕張メッセでは一度の爆発で展示ブースの多くをなぎ倒した効率の良さからそう考えられた。

そして、複数の施設に詳しい人物となると、施設を建てた人物、すなわち建設会社に関係する人物が思い浮かんだ。


テーブルの上にスマートフォンを置き、手帳を開いてボールペンを手にする。

テロ事件が起きた三つの施設を含めて、オリンピックの競技に使用される四十四か所の建設に関わった会社をこの場で洗い出すつもりだった。

そのためにこのカラオケ店を訪れた。

特警本部を解任された今となっては本部内で仕事をすることもできず、捜査一課に戻って別の事件を任されるわけにもいかない。

他の刑事たちの目に触れず、力も借りられない中で捜査を続けられる場所が必要だった。

調べる方法は、施設のある各地方の行政機関に電話で問い合わせるしかない。

建設局、建築部、都市整備部、建築指導課など、役所によって名称は様々だが、どこかに建設の記録を保管している部署があるはずだ。

刑事ものの映画やドラマなら、脇役の刑事か鑑識官が『調べてきました！』などと言って資料の紙束を持って駆けつけるところだが、あいにくそんな便利な仲間はどこにもいない。

だから自分でやるしかない。

時刻は午後一時に差しかかる。

概《おおむ》ね窓口が閉まる午後五時までの四時間で決着を付けなければならなかった。

電話口で遜《へりくだ》って頼み込み、あるいは警察の名を出して堂々と依頼し、時には早口で急かしたかと思えば、一言ずつ丁寧に説明して、さらにはベタなギャグを放ってまで愛敬を振りまく。

なけなしのコミュニケーション能力を最大限に駆使して、全ての施設への問い合わせを終えた時には午後五時半を過ぎていた。

我ながらよくやったと思う。

スマートフォンを押し付けすぎて耳が痛み、喋りすぎて喉はカラオケ帰りのように嗄《か》れて、手帳のページは走り書きの山で真っ黒になっている。

徹夜の勤務でも感じたことのない疲労にしばし呆然としたが、まだ休んではいられない。

知り得た建設会社のデータに不審な点はないか精査する必要があった。

札幌市時計台は一八七八年に北海道大学の前身にあたる札幌農学校の演武場《えんぶじょう》として設立された。

建設したのは北海道開拓使工業局で、その後の一九〇六年には札幌区に買い取られて現在の場に移設、札幌のシンボルにして随一の観光名所となった。

一九六七年には東京の槍浜《やりはま》建設により大規模な復元工事が行われ、さらに一九九五年にも函館《はこだて》の倉居《くらい》組により修理が行われていた。

福島県営あづま球場は一九八六年に完成・開場しており、当時は東北地方六県の中で最大規模の野球場だった。

その後二〇一九年には東京オリンピックの競技会場として改修工事が行われていた。いずれも大手ゼネコンの清田《きよた》建設を筆頭に、槍浜建設を含めた他三社が関わっていた。

幕張メッセは一九八九年に完成・開場しており、現在も日本最大規模のコンベンションセンターとして知られている。

こちらは大手ゼネコンの鹿鳴《ろくめい》建設をはじめ、槍浜建設ほか五社が確認できた。

「槍浜建設……」

手帳に書いたその四文字を囲むようにペンで何度も円を描き続ける。

三つの施設全ての工事に関わっている会社はここしかない。

比較的小規模な工事で済ませられる時計台が含まれていたお陰で判明できた。

一体、槍浜建設とはどういう会社なのか。

いや、それを考える前に、他の施設の工事にも関わっていないか確認する必要がある。

一つは、予想通りと言うべきか、槍浜建設はオリンピックスタジアムの施工業者にも名を連ねていた。

手帳のページを繰《めく》る手がもどかしい。

先ほどまで続けていた電話の中で、他にもどこかの施設でこの会社名を聞いた記憶がある。

あれは確か……と思ったところで、該当する施設名が目に飛び込んできた。

それと同時に、側に置いていたスマートフォンが地面に落ちた蝉《せみ》のように振動する。

阿桜藍花からの電話着信だった。

「もしもし……義松？」

「藍花！　見つけたぞ！」

「え？」

「有明アリーナだ！　そこでテロ事件が起きるはずだ！」

手帳のページをペンで連打しながら早口で捲し立てる。

有明アリーナは東京湾岸の有明地区に新しく建設された施設だ。

建物の四隅に向かって大きく湾曲させた箱形の建物で、オリンピックでのバレーボール競技と、パラリンピックでの車椅子バスケットボール競技に使用される会場となっていた。

その施工は大手の建設会社や設備会社など五社を中心とした共同企業体が請け負ったが、下部の協力会社には例の槍浜建設の名前もあった。

「よ、義松……どうしてそれを？」

「建設会社を調べまくって……いや、その話はあとでいいだろ」

戸惑う藍花に説明しようとして、即座に打ち切る。

「とにかく、今回はおれの勘じゃない。本当に犯人は次に有明アリーナを狙う可能性が高いんだ。だから藍花は浪坂さんに頼んで現場の警備を増やしてほしい」

「ちょっと待って、義松」

「待てるか！　おれじゃ聞いてくれないだろうから、藍花に動いてほしいんだ。頼む！」

室内に声を響かせて訴える。

しかし藍花から反応はなく、代わりに深く重い溜息が聞こえてきた。

「……どうした、藍花？　おれの声が聞こえないのか？」

「義松……合っていたよ」

「何が！　いいから早く……」

そう叫んだところで、急に言葉が喉に詰まって出て来なくなった。

今、電話を掛けてきたのは彼女のほうだと気づいたからだ。

「さっき、連絡が入った……」

「嘘だろ……」

「爆発事件が起きたって、有明アリーナで……」

藍花の声が耳を通り抜けて、空っぽになった頭に反響する。

間に合わなかった。

追いつけなかった。

思わず目と口を閉じて現実を拒否してしまう。

それも無駄だと分かると、右手に握り締めていたペンをテーブルに叩き付けた。

二十四

夜になって警視庁へ戻ると、そのまま誰とも会わずに資料室へ入室する。

ここは閲覧《えつらん》許可の下りた過去の捜査記録や、新聞や書籍などの文献などを保管している図書室のような部屋で、二十四時間誰でも利用できるように開放されていた。

本棚に挟まれた通路を通り抜けて、閲覧用の机の一つに腰かける。

付近は薄暗く静かで、今は誰の姿も見えない。

そのまま目を閉じてしばらく静止していると、近づいてくる足音が聞こえてきた。

それでも振り向くことなく留まっていると、相手がパイプ椅子を持って来て隣に座る気配を感じた。

そして、多分同じように目を閉じて、はぁと息をつく音が聞こえた。

「……寝てんの？」

「寝られるかよ」

囁《ささや》くような小声に即答する。

「じゃあ、どっちから話す？」

「藍花から、頼む」

ようやく目を開けて振り向くと、既にこちらを見ていた彼女が疲れた顔でうなずいた。

本日午後四時、東京の有明地区にある屋内競技施設、有明アリーナで爆発事件が発生した。

現場は一階北側の観客席で、当時は翌日から始まるバレーボールの試合に向けてスタッフたちの最終調整が行われていた。

爆発物は三十センチ四方のやや縦に長い段ボール箱で、他に東京オリンピックのロゴが入った八つの箱と一緒に置かれていた。

さらにそれらの一群をロープでまとめて『二十二日PM六時撤去、Ｂｒａｖｏ《ブラボー》』と書かれた紙が貼られていた。

Ｂｒａｖｏとは実在するバレーボールグッズ販売業者で、貼り紙を付けた人物も同社の従業員と判明している。

しかし爆発物については見覚えがなく、いつの間にか勝手に置かれていたと話した。

爆発物には時限発火装置が組み込まれており、時計が午後四時を指すと同時に内部の火薬とガソリンに引火したものと見られている。

大きな爆発音の後に周りの段ボール箱も巻き込んで燃え広がり、黒煙が会場内に立ち込めた。

この事故により、付近にいたスタッフ五名が火傷や骨折の重傷を負い、十八名が煙を吸って体調を崩して病院へと搬送された。

「火災自体は会場のスプリンクラーとスタッフの消火活動のお陰で早々に消し止められたみたい。綺麗な壁には大きな焦げ跡が付いて、床は水浸しになったけどね」

藍花はぽつぽつとつぶやくように話す。

「事件が起きた時に藍花はそこにいなかったんだな？」

「わたしは別の会場に……辰巳《たつみ》の森にある東京アクティクスセンターにいたの。だから話は全部終わってから聞いたことだよ」

「現場の警察官は何をしていたんだ？　もちろんいたんだろ？」

「分からなかったって。わたしがいたアクティクスセンターもそうだけど、今、会場内は関係者以外立ち入り禁止になっているの。だから警察も外を見回るくらいしかできなかったんだよ」

「警備の警察官も入れないって、誰がそんなこと決めたんだよ」

「大会組織委員会。選手やスタッフを刺激しないことと、情報漏洩《ろうえい》を防ぐのが目的らしいけど」

「じゃあ中にいた奴は全員分かっているのか？」

「無理。予行演習だから通行パスもなければ出入口でチェックもしていなかったからね。だから今は聞き込みで名簿を作っているところだよ」

つまり福島のあづま球場で起きた事件と同じで、顔見知り程度のセキュリティしかなかったことになる。

顔見知りと言っても、競技の関係者がグッズの販売業者や会場の清掃員の顔まで知っているはずもなく、その逆も同様だ。

目立たず騒がず、ふさわしい格好をして、怪しい素振りも見せなければ、テロリストが紛れ込んでいても気づくはずもなかっただろう。

「それと義松、この事件にもあったよ」

「何が？」

「……段ボール箱の○印と犯行声明のメモ。印は緑色だった」

呪われた五輪を示す、四つ目の○印。

開幕までの四日間をかけて、テロリストは着実にオリンピックスタジアムへと向かっていた。

藍花は額に手を添えてうなだれる。

今まで目にしたことのない、彼女の落胆した姿だった。

「わたし、何もできなかった」

あと一歩、足りなかった。

もう少しで追いつけたかもしれないのに、逃げ切られてしまった。

オリンピックは参加することに意義がある。

銀メダリストでも銅メダリストでも、十位でも予選敗退でも、たとえ本人は不満足であったとしても、オリンピックの参加選手は皆から健闘を称えられて賞賛を受ける。

だが刑事の仕事にそれは決してない。

犯人を捕まえなければ、事件を解決しなければ、金メダルを獲らなければ、完全な敗北だった。

「義松は有明アリーナでテロ事件が起きるって知っていたんだよね？」

「おれが知ったのは、藍花が電話を掛けてくる直前だった。もっと早く……いや、午後四時に爆発が起きたならどの道、間に合わなかった」

「誰から聞いたの？」

「聞いた？　そんなこと誰が……」

藍花は伏せていた顔を持ち上げてこちらに向ける。

わずかに充血した目で、責めるようにこちらを見ていた。

「……黙っていて悪かったよ。まさか公安に目を付けられているとは思わなかったんだ」

「新革の赤月暮太なんて最重要人物じゃない。一人で会いに行くなんて無謀もいいところだよ」

「時間がないんだ。新革がテロ事件に関与しているかどうか、手っ取り早く確認するなら直接会ったほうが早いだろ」

「有明アリーナのことも赤月から聞いたの？」

「違う。奴は無関係だ。そっちのことはおれが調べたんだ」

「どうやって？」

「役所に問い合わせた」

乱雑に書き込んだ手帳を藍花に渡して説明する。

先のテロ事件の状況から犯人は建物に詳しい人物と見て、会場の施工業者を調べて共通の会社を割り出して、そこから次に事件が起きる会場を特定した。

藍花は手帳のページを繰りながら、眉をひそめつつ話に耳を傾けていた。

「これ、ぜんぶ義松が調べたの？　一人で？」

「ああ、お陰でヘトヘトだ」

「義松」

藍花は椅子から腰を浮かしてこちらに顔を近づける。

射貫くような鋭い目が、冷たい怒りをたたえていた。

「どうして特警本部を使わなかったの？　みんなで手分けすればもっと早く済ませられたのに」

「浪坂さんが許すわけないだろ。おれはもう解任されたんだぞ」

「わたしなら頼めたでしょ。特警本部の人間なんだから。なんで黙っていたのよ」

「細い線だ。藍花が訴えたところで他の奴らが協力してくれたとは思えない」

「それでも……わたしがいるでしょ。二人でやれば半分の時間で済んだはずじゃない」

「そんなこと……」

顔を逸らして言い淀《よど》むと、シャツの胸元を摑まれて無理矢理引き寄せられた。

「いい加減にしてよ。いつもいつも、何でも勝手に決めて、一人で動いて。そんなにわたしが嫌いなの？」

「藍花……」

「それともわたしが女だから？」

「そうじゃない」

「わたしは義松の相棒じゃないの？」

「……相棒だから、巻き込むわけにはいかなかったんだよ」

そう返すと、藍花は突き放すように手を離して椅子に座り直した。

それから手を伸ばしてこちらのシャツを整え直した。

「……分かってんの？　もう少し早くその情報が得られていたら、テロ事件を起こさず、大勢の負傷者を出さず、犯人を捕まえられたかもしれないんだよ」

「おれのせいだって言うのか？」

「せっかく頑張ったのに意味ないじゃないって言っているの」

「まだ終わったわけじゃない。明日が残っている」

「次にテロ事件が起きる日時と場所なんて、わたしにだって分かっている。明日の午後八時、オリンピックの開幕式が行われるオリンピックスタジアム。テロリストは必ずそこに現れて爆発物を仕掛ける。わたしも義松も特警本部も、みんな分かっている」

「だが誰がどうやって起こすかはまだ分からない」

「もう手遅れだよ。じっくり捜査に時間を費やしている場合じゃない」

「じゃあ特警本部はオリンピックスタジアムを警備していればいいのか？　藍花はそれでテロリストを捕まえられて、事件を解決できると思っているのか？」

　そう返すと藍花は唇を噛んで睨んだ。

「おれは思わない。どういう方法を使っているかは分からないが、この事件の犯人なら必ずオリンピックスタジアムに侵入して爆発事件を起こす」

「……槍浜建設については調べたの？　わたし知らないんだけど」

「ネットで調べた程度だが、ごく普通の建設会社だった。東京に本社のあるゼネコンで、大手ほど有名じゃないが業界では名が通っている。幕張メッセやオリンピックスタジアムの工事にも関わっているんだから怪しいところではないはずだ」

会社情報によると槍浜建設は売上高一千億円超の中堅ゼネコンで、社員数は九百八十二名、全国に支店と営業所を展開し、野球場から庁舎の施工まで請け負っている業者らしい。

平成二十六年には創立五十周年を迎えており、歴史と実績にも不審な点は見当たらなかった。

「犯人はこの会社と何か因縁があって、東京オリンピックを復讐の場に利用していると思う」

「どういう因縁？　ライバル企業の社員が酷《ひど》い目に遭ったとか、オリンピックスタジアムの施工を奪われたとか？」

「分からない。さっきまでこの部屋で捜査報告書を調べていたが、そういった関係で警察が介入した事件は見つからなかった。もちろん水面下で、担当者レベルでどこかといざこざはあったかもしれないが。ただ……」

「ただ……何？」

「もし、犯人が槍浜建設に恨みを抱いていたとしても、オリンピックの中止を求めたり、建設に関わった施設を爆破したりする理由にはならないと思う。オリンピックが潰れても槍浜建設自体には何の被害も落ち度もないからな。だから本当の恨みは、やっぱりこの国やオリンピックにあるんじゃないかと思う。槍浜建設の施設は犯人にとって馴染みがあるというだけで利用されたのかもしれない」

「それはどういう人のこと？」

「おれは、みちびきの郷の出身者が怪しいと思う。前に話した、あの村で生まれ育って、外の世界へ出て来た若者だ。爆破に使われた【惑惑時計】の証拠もある。槍浜建設は単にそいつの職場かもしれない」

「じゃあ槍浜建設の社員の中から、みちびきの郷の出身者を洗い出すの？」

「できるのか？」

「無理。今どき出身地や本籍なんて会社の人事部も把握していない。警察が聞いても答えてくれない人もいるだろうし、肝腎《かんじん》の犯人に嘘をつかれたらどうしようもないよ」

藍花は即答する。

では、どうすればいいのか。

気力も体力も尽きた今の脳では、これ以上は何も思いつかなかった。

「何かあるはずなんだ。何か……」

静かな資料室にスマートフォンの短いメール着信音が鳴り響く。

藍花は自分の端末に軽く目をやってから、おもむろに椅子から立ち上がった。

「浪坂副部長から連絡。これから特警本部の緊急会議を行うって」

「そうか……」

「義松の話もそれとなく伝えておくよ。どこまで関心を持つか、それでも明日は捜査より警備が中心になるだろうけど」

「頼む……あ、ちょっと待て、藍花」

立ち去ろうとする彼女の背中に声をかける。

「藍花……おれは、仕事中にお前を女だと思ったことは一度もないよ。お前はいつだって……おれにとって最高の相棒だ」

「……ちょっと寝たほうがいいよ、義松」

藍花は振り返らずに、それだけ言って去って行った。

【七月二十三日　金曜日】

二十五

レンガ色のトラックが延びる陸上競技場のスタートラインに立っている。

すっきりと晴れた青空の下、ウェアから剥《む》き出しになった肌が夏の太陽にじりじりと焼かれていた。

地面からは立ちのぼる、むっとした熱気に息苦しさを覚える。

両隣には他の選手たちが横並びに立っていて、それぞれ腰を捻《ひね》ったり軽いジャンプを繰り返したりと体をほぐしている。

スタンド席には多くの観客が詰めかけて、その百メートル先には同じ部活の仲間と後輩がこちらを見守っていた。

鼓膜《こまく》に針を刺すような緊張感と、心音が聞こえるほどの焦燥感に体が強張《こわば》る。

どうしよう、全然、勝てる気がしない。

他の選手たちはいずれも幼い顔付きをしているが、まるで若々しい名馬のように筋肉質で均整の取れた体つきをしている。

それに対しておれは、当然、重くて鈍そうな三十歳の肉体だ。

まともなトレーニングなんてもう十年もやっていない。

近頃は関節も固くなり、不意の動作で筋を痛めることもある。

体重も十キロ以上は増えている。

おまけにシューズも、走りやすいが競技用とはほど遠い仕事用のスニーカーを履いていた。

うなだれるように頭を下げて、向けられる期待の目から顔を逸らす。

もう逃げられない、でも勝てるはずがない。

このままではいくら全力で疾走しても、たぶん最下位だ。

いや、今もし全力で走れば、また膝を壊してしまうかもしれない。

あの恐怖が、何もかもが台無しになった一瞬が、頭の中で蘇る。

嫌だ、もうあんな目には遭いたくない。

しかし無情にもスターターが用意の声を放つ。

すると習慣的に自然と腰が屈み、皆と揃ってスタート姿勢をとってしまう。

爪先に当たるスターティング・ブロックの感触が懐かしくて、恐ろしい。

目の前には、おれだけの滑走路が延びている。

だがフィニッシュラインはどこまでも遠い。

セットの声に腰が持ち上がる。

頼む、誰か助けてくれ。

おれをここから出してくれ。

みんな消えろ。

号砲が競技場に響き渡り、心臓を直撃した。


顔を上げると、暗い資料室の景色が目に飛び込んできた。

慌てて左右を窺うが、もう他の選手たちはどこにもいない。

歓声も聞こえず、スタンド席などあるはずもない。

それでもしばらく周囲を疑っていたが、何も不自然なところがないと分かると、椅子の背もたれに体を預けて深く溜息をついた。

夢を見ていた。

いつの間にか眠っていたらしい。

テロ事件のことを考えていたが、結局何も思い浮かばないままに気を失ったのだろう。

心臓は早鐘のように拍動を繰り返し、緊張感と焦燥感はまだ拭《ぬぐ》えない。

それが夢のせいだと思うと情けなくて、腹立たしかった。

時計を見ると、午前八時を過ぎている。

とうとう、オリンピック開会式の当日になってしまった。

立ち上がって資料室を出ると、廊下を歩いてトイレへ向かう。

途中で数人の警察官に出会ったが、互いに会釈を交わすだけで会話もなかった。

用を足すと洗面台に向かって顔を洗う。

しかしどれだけ顔を拭っても、疲労と眠気と不安は取り除けない。

鏡には苦悶の表情を浮かべた修行僧のような顔が映っていた。

何もできないまま、犯人を捕らえられないまま、破滅の予感を抱いたまま、オリンピックが始まってしまう。

ああこれかと、夢との関連性に気づいた。

この状況は、勝てる気がしない百メートル走に参加させられているようなものだ。

このやるせない心境を、貧しい想像力が勝手にあの悪夢に置き換えたのだ。

鏡に映る顔が自嘲めいた笑みを浮かべている。

だからといって、あんな夢はないだろう。

なぜ今の自分が、高校生の陸上大会に参加しているのか。

十代の若者たちに混じって、三十歳のおっさんが走ろうとしているのか。

夢の光景を思い返すうちに、妙に愉快な気分になってくる。

おかしいだろ。

観客も気づけよ、審判も止めろよ。

おれもなぜ普通に走る気でいるんだよ。

ああどうしよう、こんなの勝てるわけがない、じゃない。

早く除《の》けろよ、帰れよ。


『夢の中だと身動きが取れないって言うか、そんなことすら思い浮かばないものね』


ふと、耳の中で声がこだまして、思わずおおと声が漏れた。

昨日、母が言っていたのはこのことだったのか。

明らかに理不尽な状況にもかかわらず、夢の中ではなぜかそれに気がつかず、抗うこともできない。

母も、遥か昔に亡くなった祖母に嫌味を言われて、病床にもかかわらず謝り続ける夢を見たと話していた。

きっと入院生活に情けなさや後ろめたさを抱いていたから、そんな気持ちを天敵に代弁させたのだろう。
おれにとっては顔すらも思い出せない祖母に。
五十七年前の東京オリンピックを目の敵《かたき》にしていた祖母に。
「……五十七年前？」
その時、くだらないことを考えていた頭が冷静さを取り戻す。
なんだろう。つい最近もそんな数字を思い浮かべた気がする。
特警本部に配属された日に教えられたか。
いや、それよりずっとあとになってからだ。
昨日、母と会話している時に話したか？
違う、それよりももっと最近だ。
片手は自然とポケットを探り、スマートフォンを取り出し見つめる。
そこには直前まで見ていた画面が表示されていた。
「平成二十六年、会社創立五十周年を迎える……」
映っていたのは、槍浜建設のサイトにあった会社情報のページだった。
今は令和三年、西暦二〇二一年。
平成は三十一年まであったから、平成二十六年は今から八年前……。
違う、平成三十一年は同じ年に令和元年に切り替わった。
だから平成二十六年は七年前になり、つまり槍浜建設は今年で創立五十七年目を迎えたはずだ。

「一九六四年の、東京オリンピックの年に、会社ができた？」

鏡の中の顔がいつもの疲れた刑事に戻っている。

それがどうした、それがテロ事件と何の関係がある。

しかし、オリンピックと槍浜建設を結ぶ線ではないか？

足早にトイレを出て資料室へと向かう。

《東京オリンピック　槍浜建設》

《一九六四年　国立競技場　槍浜建設》

《昭和三十九年　槍浜建設　工事》

歩きながらスマートフォンを操作して、インターネット検索を続ける。

しかし検索ワードを変えて調べ続けても、同年に会社が創立したという情報と、後にオリンピックスタジアムの施工に関わったという情報以外には何も見つからなかった。

二十六

「あ、義松」

資料室の入口から顔を出していた藍花が声をかけてくる。

寝不足なのか、徹夜をしたのか、髪は少し乱れて目も赤く充血していた。

「どこへ行っていたの？　机に鞄も置きっぱなしにして……」

「藍花、槍浜建設は一九六四年に創立した会社らしい」

「え？」

「東京オリンピックの年だ。今じゃなくて昔のほうの。そこから何が分かる？」

「……槍浜建設は、昔の東京オリンピックの工事にも関わっていて、それが今回のテロ事件を起こしている犯人の動機に繋がっている？」

「おれもそう思った。資料室のデータベースで検索してみよう」

藍花の隣をすり抜けて資料室へ入る。

そして自分の席へは戻らずに、パソコンが置かれた別席に腰を下ろした。

「だけど義松、昔の東京オリンピックなんて、もう五十七年も前の話だよ？　その時に何かあったとしても、今さら事件を起こす？」

「遺産《レガシー》だ」

「え？」

「藍花も聞いただろ。道路の拡張で親が家を潰されたとか、あの頃から日本はおかしくなったとか」

「ああ……みちびきの郷のお爺《じい》さんたちが話していたけど」

「東京オリンピックは当時の人たちの記憶に遺産となって残り続けているんだ。良いことも、悪いことも、思い出に刻み込まれている」

もしかすると、良い思い出を持っている人のほうが少ないのかもしれない。

国を挙げた一大行事、国民の夢として記録に残された、かつての東京オリンピック。

だがそれは、一部の権力者たちによって作られた歴史だったのではないだろうか。

捏造《ねつぞう》ではなく、誇張。

多くの一般人にしてみれば、無理矢理に焚き付けられた聖火だったとしたら。

今のおれたちと同じように。

「その負の遺産を抱えたまま、今夜、再び東京オリンピックが開幕する」

「……積年の恨みが蘇《よみがえ》るってこと？」

あの頃の栄光を再びは、あの頃の絶望を再び、にもなり得る。

「一九六四年は昔だけど、当時十歳だったとしても今は六十七歳だ。動き回ってテロ事件を起こすこともできる」

「じゃあ犯人は、心に負の遺産を持つそれくらいの年代の人？」

「もしくは、その意志を継いだ下の世代の可能性もある」

やはり、みちびきの郷の出身者だろうか。

警視庁のデータベースには過去に起きた事件や事故の調査報告書や新聞記事などが登録されており、年代別の参照やキーワード検索にも対応している。

ただし膨大なデータを処理するシステムは不安定で更新もままならないため、民間のインターネット検索エンジンに比べると動作がすこぶる遅いという難点があった。

「義松、話をしてもいい？」

藍花は隣まで椅子を引きずって来る。

足下には彼女のノートパソコンと、何やら紙の束を収めた手提げの紙袋が置かれていた。

「特警本部は署員総出でオリンピックスタジアムの警備につくことになったよ。昨日、義松が話してくれた槍浜建設のことも伝えたけど、やっぱり今から捜査員を割《さ》くよりも直接テロを防ぐという判断は変えられなかった」

「仕方ないよ。今さら捜査を続けても間に合うかどうかなんて分からない。今夜は絶対にテロ事件を起こすわけにはいかないんだ。警備を厳重にするほうが確実だ」

「それと、中東のＩＣＢＳがテロの計画を取り止めたらしいよ」

「本当に？」

「国際テロ対応推進本部が和解工作に成功したって。もちろん絶対安心とは言えないから、ニュースで流れることはないだろうけど。でもお陰でイタリアとスペインも無事に参加してくれるみたい。こっちは各省庁の頑張りだろうね」

「そうか……ひとまず助かったな」

パソコンのモニタを見つめたまま、久しぶりに良いニュースに顔がほころぶ。

この上海外のテログループまで乗り込んで来られてはとても手が回らなかっただろう。

「それと、やっぱりＩＣＢＳはわたしたちが捜査しているテロ事件とは無関係みたい。

交渉の際にもその話は全く出て来なかったって」

「分かっている。こっちのテロ事件からもそんな臭いはしないからな」

「それで義松、何を調べているの？」

藍花は椅子から身を乗り出して隣からパソコンのモニタを覗き込む。

その質問に答えるように首を振った。

「一九六四年の東京オリンピックと槍浜建設に関係する事件や事故はないかと思ったんだけど……」

時間をかけてようやく表示された検索結果は、ゼロ件。

二つのキーワードに関わるデータはどこにも存在しなかった。

「……何も見つからなかった。警察の捜査資料にも、当時の新聞記事にも、その他雑多な資料の中にも」

「じゃあ関係なかったってこと？」

「いや、五十年以上も前に起きた事件のことだから、捜査資料も全部データベース化されているとは限らない。手書きの資料のままで残されているかもしれないし、紛失したのもあると思う」

「槍浜建設に直接問い合わせてみたらどう？」

「お宅は昔の東京オリンピックでも国立競技場の建設に関わっていましたかって？　答えてくれるかな？　記録には残っているかもしれないけど、そこで何かあったかどうかまでは。当時の社員なんてもう全員引退しているだろうし」

「建設……？」

藍花はそうつぶやいてから、改めて口を開いた。

「……義松、多分、槍浜建設は昔の東京オリンピックには関わっていないよ。少なくとも旧・国立競技場の建設には」

「……そうかもしれないが、どうして断言できる？」

「だって槍浜建設って一九六四年に創立した会社なんでしょ？　同じ年にはもうオリンピックが始まるんだから、その時にはもう旧・国立競技場は完成していたはずだよ」

「ああ、それもそうか」

オリンピックの開催と建設会社の創立が同じ年だったということに繋がりを感じたが、まさか同じ年に会場の建設が始まったはずもなく、できたばかりの会社に任せられるはずもないだろう。

「それと旧・国立競技場は東京オリンピックのために建てられたんじゃなくて、その前から同じ場所に存在した競技場を流用したって聞いたよ」

「そうなのか？」

藍花の指摘に驚かされる。

それでは槍浜建設が関係しているはずもない。

キーボードに乗せていた腕を上げて、椅子の背もたれに反り返る。

寝惚《ねぼ》けた頭の閃《ひらめ》きに、まんまと乗せられてしまったようだ。

二十七

「それより義松、これどうする？」

藍花は足下の紙袋からノートパソコンと紙束を出すと、検索用パソコンの隣に置く。

「三つのテロ事件に関わりある人のリスト、集められるだけ集めたよ」

「こんなにあるのか？」

「まず札幌市の時計台で起きたテロ事件に関してだけど、こっちはほとんど絞り込めなかった。火災を発見した通行人と、消火を行った警備員と、一応時計台の職員の名前だけ。屋外で発生したテロ事件だからどうしようもないよ」

そう言って一枚のファックス用紙をひらひら振る。

北海道警察から送られてきたリストのようだ。

「次に起きた福島あづま球場のテロ事件については、当日に行われていた野球大会の参加者と関係者、応援に来た家族や友達まで集められたよ。全部で三百五十三人。でも部外者による犯行の可能性もあるから、この中に犯人がいるかどうかは分からない」

そう言うとファイリングされた別の紙束を示す。

こちらは福島県警の猿谷が頑張って集めてくれたのだろう。

「三日目に起きた幕張メッセでのテロ事件については、発生現場になった企業イベントの参加者リストが運営者からデータで送られてきた。当日の来場者数は三日間で八千九百五十七人。事前登録者だけが中に入れるイベントだったから、たぶん他の名簿よりも一番犯人が含まれている可能性が高いと思う」

「およそ九千人か……」

「四日目の昨日に起きた有明アリーナのテロ事件については、会場のスタッフとバレーボール競技の関係者の名簿がデータで手に入った。こっちは全部で六十三人。だけど福島で起きたテロ事件と同じで、外部の者が紛れ込んでいても気づかれなかったかもしれない」

　藍花はそう言ってノートパソコンを指でこんこんと叩いた。

「それで以上か？」

「それに加えて、槍浜建設の全社員、九百八十二名分の名簿もね」

「……手に入れてくれたのか」

「浪坂副部長からは足利の戯《たわむ》れ事に付き合うなって言われたけど」

「逆らっていいのかよ」

「テロ事件の捜査は特警本部の仕事。これで犯人を捕まえられたら、わたし一人の手柄になるからね。義松には頑張ってもらわなきゃ」

　藍花は唇の片方を持ち上げてにやりと笑う。

相変わらず仕事が速くて、したたかだ。

「だけど、その中から犯人か、犯人に繋がる人物を特定させる方法なんてあるのか？　幕張メッセの来場者九千人の中から捜し出すのが一番確実な気がするけど……」

パソコンのモニタに向かったまま話す。

こちらでは範囲を広げて、旧・国立競技場そのものに関する情報を検索から拾い出そうと試みていた。

「……幕張メッセの来場者の中で、他の現場にもいた人はいないか？　テロ事件の現場に何度も現れている人がいたら怪しいぞ」

「それはわたしも考えたけど、いなかったよ。重複する名前は一件も見つからなかった。ついでに言うと槍浜建設の社員も誰一人として幕張メッセの名簿には含まれていなかったよ」

「そうか……」

モニタには旧・国立競技場に関する新聞記事がいくつか上がっている。

現在、オリンピックスタジアムが建つ一帯は、江戸時代には青山氏という大名の広大な敷地であり、明治時代には大日本帝国陸軍の練兵場として使用されていたらしい。

その後一九二四年には敷地の一部に明治神宮外苑競技場が造られて、それが国立競技場の前身となった。

明治神宮外苑競技場では当時アジア最大のスポーツイベントであった極東選手権大会

のメインスタジアムに使用され、また一九四〇年に開催される予定であった幻の東京オリンピックでもメインスタジアムの候補となっていた。

そして第二次世界大戦中の一九四三年には学徒出陣の壮行会会場となり、大勢の若者たちが戦局の悪化する海外へと送り出された。

戦後はGHQに接収されていたが、一九五二年の接収解除後は再び日本の管理となり、一九五八年のアジア競技大会に向けて競技場を新設、旧・国立競技場が誕生した。

そして翌年には東京国体にも使用され、さらに東京オリンピックの開催決定後の一九六二年には拡張工事が行われて、二年後の一九六四年にはメインスタジアムとして使用されることとなった。

「あの場所にはそんな歴史があったのか……」

藍花が言った通り、旧・国立競技場は一九六四年の東京オリンピック以前から存在していたらしい。

開催前には拡張工事が行われたらしいが、一九六四年創立の槍浜建設が携わっているはずもなく、それ以上は調べようもなかった。

ちらりと目を向けると、藍花は頬杖を突いてノートパソコンの画面をじっと見つめている。

一晩かけて膨大なデータを集めてくれたが、容疑者すら絞り込めていない現状では特定の人物を捜しようもないだろう。

時間は刻々と過ぎてゆく。

やはりこの短期間でテロ事件の犯人を見つけることなど不可能だったのか。

憎しみの炎を燃やして疾走するランナーには追いつけなかったのか……。

《聖火台転倒であわや惨事》

「ん？」

パソコンの画面に表示された文字列にふと目が留まる。

《国立競技場》《拡張工事》のキーワードでピックアップされた、一九六三年六月に掲載されたらしい地方新聞の記事だった。

《二四日　東京オリンピックに向けた国立競技場の拡張工事中、移設作業中の聖火台が転倒、作業員一名が負傷する事故が発生した。聖火台は昭和三三年開催のアジア大会に際して国立競技場とともに制作、施設南側に設置されていたが、このたび拡張されたバックスタンド中央最上段に移設されることとなった。なお工事を担当する槍浜組によると、事故による聖火台の損傷はなく、移設工事も期間内に完了する予定とのこと》

「事故……槍浜組？」

首を伸ばして画面を凝視する。

記事は短く、まるでオリンピックの高揚感に水を差さないよう簡潔に出来事だけをまとめた印象がある。

一九六四年の東京オリンピックの前年に、聖火台が転倒する事故が起きていた。

しかも事故を起こしたのは、槍浜組という工事業者だった。

「そうか……槍浜建設は会社ができる前から活動していたのか」

どうやら槍浜建設は一九六四年の会社設立以前から建設を生業《なりわい》とする者たちを集めて組織を作っていたらしい。

業務内容は主に大手建設会社からの下請けで、聖火台の移設工事もそこから業務を請け負って参加していたのだろう。

現代では下請け、孫請けであっても法令規則を遵守した業者でなければ業務を委託されないが、六十年近くも昔の業界では職人気質からいくらか緩やかな面もあり、フリーランスの大工や土木工事の職人に仕事を任されることもあったのだろう。

槍浜建設も東京オリンピックをはじめ、高度経済成長期における建設ラッシュの波にうまく乗って、大工集団から建設会社へと会社を成長させてきたようだ。

「槍浜組の作業員が、聖火台の転倒事故で負傷した……」

記事には事故の詳細までは詳しく書かれていない。

一体どのような事故だったのか、誰がどんな被害を受けたのか。

見出しですら「あわや惨事」と、現代の感覚では読者からクレームが付いて謝罪させられかねないほど軽視されていた。

同じ内容で他の記事は見つからず、警察の捜査報告書のデータも確認できない。

本当に、単なる軽傷の事故だったということか。

それとも、オリンピックの完全なる成功を目指す権力者たちへの忖度《そんたく》が働いたのか。

何より、この事件が現代の連続テロ事件と関係しているのだろうか。

こんな小さな事件が……。

「義松ぅ……」

ふと、隣から藍花の妙に甘えた声が聞こえて振り向く。

しかし彼女は頬杖を突いてノートパソコンに向かったまま、こちらに目を向けることもなく、何か続きを話そうとする様子もなかった。

「何だよ、藍花」

不思議に思いつつ尋ねるが、それでも彼女は何の反応も見せない。

それどころか、目を閉じて規則正しい呼吸を繰り返していた。

「おい、藍花」

「うぇ？　な、何？　何か見つかった？」

「……いや、今、そっちからおれを呼んだだろ？」

「え？　呼んでないよ？」

藍花は口元に手を添えて盛んに瞬きを繰り返している。

「ていうか、藍花。今寝てたよな？」

「寝てない。寝てないよ。画面を見ていただけ」

「寝言か？　居眠りしながらおれの名前を呼んだのか？　お前どんな夢見てたんだよ」

「はぁ？　見てないし。寝てないって言ってるでしょ」

「じゃあ……無意識のうちにおれの名前を呼んだのか？　義松ぅんって……」

「やめてよ、気持ち悪い」

藍花は眉をひそめつつ顔を逸らして、再びノートパソコンに向かう。

なぜこちらが貶《けな》されなければならないのか。

不満に喉を鳴らしていると、彼女はあっと声を上げた。

「そうそう、思い出した。この画面を見ていたんだよ」

「え、何が？」

「ほら、これ。幕張メッセの参加者の名簿」

そう言って藍花はノートパソコンをこちらに向けて、画面を指さす。

そこにはリスト化された名前の一覧がずらりと並んでいたが、彼女の指先はその中に含まれた一人の名前を示していた。

「ね、分かった？」

「あ……」

その瞬間、まるで雷に打たれたかのような衝撃が全身に走った。

まさか、そんなことがあるのか？

自分の閃きが信じられない。

これまでのことが、ここ数日間の出来事が、猛烈な速度で頭の中に蘇る。

パズルのピースが合わさるように、とよく言うが、それがピースであるなどと思ってもいなかった。

だが、もうその名前しか目に入らなかった。

「ど、どうしたの？　義松」

こちらの異様な反応に気づいて藍花が戸惑う。

自分で見せておきながら、そんな顔をされるとは思ってもいなかったのだろう。

「藍花……これ、本当なのか？」

「本当？　……まぁ、名簿はイベントの運営会社から届いたものだから、嘘じゃないと思うけど……」

藍花は理解できないといった表情を見せている。

「そうじゃなくて……」

震える唇でつぶやくように返して、両手を無意味にゆらゆら揺らす。

テロ事件、爆発物、五輪の○印、犯行声明文、姿の見えない犯人、新革、惑惑時計、みちびきの郷、槍浜建設、一九六四年の東京オリンピック、聖火台。

全てを繋げる、この名前。

これは偶然なのか、奇跡なのか。

それとも、真実なのか。

確かめるしかない。

そして、賭けるしかない。

揺れていた手を止めると、腕を伸ばして藍花の両肩を摑んだ。

「藍花……頼みがある」

「な、何よ」

彼女は赤く充血した切れ長の目を、珍しく大きくしてこちらを見返している。

「お願いだから……とりあえず、寝てほしい」

「……義松と？」

「違う。仮眠を取るんだ。一時間、いや三十分でもいい。昨夜もほとんど寝てないだろ？　顔を見れば分かる。とにかく、今の藍花は疲れ切っているから、ちょっと休め」

「わ、分かった。ありがとう」

「それで休憩を取ったら、みちびきの郷へ行ってくれ」

「はぁ？」

「頼む。みちびきの郷へ行って、村長の三苫さんか、お前がファンだった甲斐さんに会って来るんだ」

「本気で言っているの？　わたしこのあと特警本部に戻らなきゃいけないんだけど」

「浪坂さんにはおれがうまく言っておくから」

「義松なんて、副部長と顔を合わせただけでアウトだよ」

「おれたち相棒同士じゃないか」

「あんたがそれを反故《ほご》にしたんでしょうが。無理無理。午後からはオリンピックスタジアムへ行って警備につくことになっているから。あんな山奥まで行っていられないよ」

「仕方ないだろ。あの村、電話もないんだから。他の奴らに任せてもうまく辿り着けるか、二人に会えるかどうかも分からない。一度行ったことのある藍花が適任なんだよ」

「それなら義松が行けばいいじゃない。どうせ暇なんだから」

「そうしたいけど無理だ。おれも今から忙しくなる」

果たして間に合うだろうか。

いや、間に合わせなければならない。

そうと決まった以上、もうこんなところで情報を集めている場合ではなかった。

藍花と額《ひたい》が付くほど顔を近づけて、その目をじっと見つめる。

「藍花、これが最後だ。オリンピックスタジアムの警備は一人欠けても何とかなる。でもこの捜査はお前が協力してくれないと、たぶん間に合わない。犯人を捕まえて、事件を解決させられたら……手柄は全部藍花のものだ」

「……本当に、犯人を捕まえられるの？」

藍花のささやくような問いかけに強くうなずいて返す。

そう信じるしかない。

「分かった。じゃあわたしは、義松の命令に従うよ」

「ありがとう……」

額と両手を離して、椅子から立ち上がって深く頭を下げる。

藍花は頼もしく笑みを浮かべてうなずいた。

「任せて。何をすればいいか教えて。それと、義松はこれからどこで何をするの？」

「おれは今から……里帰りだ」

「ちょっと待って。何考えてんの？」

彼女から即座に突っ込まれる。

しかし、それ以外に適切な言葉が見つからなかった。

二十八

七月二十三日、午後七時三十分。

夜の神宮外苑は昼間よりも大勢の人に溢れて、眩《まぶ》しく賑やかで熱狂的な雰囲気に包まれていた。

縦横無尽に歩き回りながら、アルコールを手に口々に騒ぎ立てる若者たち。

太鼓やラッパを鳴らしながら、派手な衣装を身につけてダンスに興じるパフォーマー。日の丸の扇子を手にしたり、頬に国旗のメイクを施したりした外国人の姿も多く見られる。

観戦チケットを持っていないので入場できず、ここでお祭り騒ぎをしているのだろう。まるで野外ライブ会場のような広場の向こうには、ローマ帝国の闘技場コロッセオを思わせる巨大建造物がそびえている。

東京オリンピック開会式の三十分前になって、ようやくオリンピックスタジアムへと着くことができた。

警視庁の資料室で藍花と別れてからの行動は、まだ説明できない。確証も得られておらず、のんびり語っている暇もない。

これから急いでそれを確かめなければならなかった。

中央の入口ゲートには大勢の受付担当者と警備員が待機している。既に大半の観客は入場済みなので行列もなく、余裕が保たれていた。

早足で向かい、警備員とおぼしき中年の男に声をかけた。

「すいません。警察の者ですが、中へ通してもらってもいいですか？」

「警察？　パスを見せて」

「パスは持っていません。元・特警本部の足利です。急ぎの事態です」

「元？　一体何事ですか？　パスがないと通せないから発行してもらって」

「だからそんな時間はないんです。いいですか？」

「ちょっと待って、駄目だって」

中年の警備員は慌てて腕を伸ばして押し留めてくる。

このまま突破すべきか、スタートダッシュで逃げ切れる自信はある。

でも、あとから必ずまずいことになる。

「おい、足利」

押し問答をする後ろから浪坂に低い声で呼びかけられる。

「あ、助かった。浪坂さん」

「何が助かった、だ。お前、こんなところで何をやっている。阿桜をどこへやった」

「阿桜はもうすぐここへ来るはずです。通してください、緊急事態です」

「お前、パスは持っているのか？」

「ありません。ください」

「やれるか、馬鹿」

「浪坂さん！」

埒《らち》が明かないので浪坂に顔を寄せて小声で話す。

「テロ事件の犯人が分かりました。既に会場に紛れ込んでいる可能性があります。急がないと、開会式で爆発事件を起こされてしまいます」

「本当か？　どこのどいつだ。どうやってこの中に入ったんだ？」

「これから捜しますが、心当たりはあります。とにかく急がないと大変なことになります」

「だから、誰だと聞いているんだ。会場内の警察官を動かすから、言え」

「お願いします。おれに行かせてください。おれが自分の目で確かめたいんです。どうか信じてください」

「ふざけたことを言うな、足利。自分の行動を振り返ってから……」

「浪坂さん」

語気を強めて呼びかける。

「自分勝手な行動は認めます。でも、おれは今まで一度も警察や浪坂さんを裏切ったことはありません。何も聞かずに行かせてください」

「……お前が行けば、本当にテロ事件を止められるんだな？」

「何言ってんですか？　そんなの分かるわけないでしょうが。でも行かなければ必ず事件が起こりますよ」

吐き捨てるように返すと、浪坂は険しい顔になってうなずいた。

「分かった。通行パスを発行してやる。だから絶対に止めろ、いいな」

浪坂は肩を二回叩いてから無線で連絡を取る。

その間に、先の警備員に頼んで会場席の一覧表を提供してもらった。

「足利」

浪坂は戻って来るなり警察関係者用の通行パスと無線機を押し付けてきた。

「早く行け。何か分かったら必ず連絡してこい」

「了解！」

通行パスと無線機を素早く身に付けて入場ゲートをくぐる。

最新施設は大勢の観客を受け入れられるように万事が広い造りとなっている。

観客席の数だけで六万八千席もあるそうだ。

当然、その全てを調査する時間はなかった。

「……一階席の最後列だ」

観客席は競技場内の円周に沿って三百六十度を取り囲むように設けられている。

既に大半の観客が席に着いて開会式を待つ中、競歩のような足早で、しかし慎重に各座席を見回り始めた。

時間はもう七時四十五分を過ぎている。

二階席と三階席まで見て回る余裕はないかもしれない。

それでも、他の警察官や警備員は頼りたくなかった。

その時、ふと座席下に置かれた紙袋が目に留まった。

危うく通り過ぎようとする足に急ブレーキをかけて、周囲に異常事態を感じさせないように後退する。

紙袋は大きく、底の広い箱形で、表面には東京オリンピックのロゴとキャラクターがあしらわれている。

その上部から少しはみ出て見えるのは、薄茶色の段ボール箱だった。

スタッフが置いた物とは考えにくい。

だが一般の来場者がこれほどの大荷物を持ち運んできたとも思えなかった。

「すいません、ちょっとよろしいでしょうか」

何気ない調子で隣の席に着く若いカップルに小声で呼びかけて、首から提げたパスを見せる。

「警備の者なんですけど、こちらの席の荷物はお客さまの持ち物ですか？」

「いえ、違いますよ」

男が座席下の紙袋を見て答える。

「そうですか。では、こちらのお客さまはどこへ行かれたかご存じですか？」

「さぁ、おれたちは見てないですね。半時間ほど前に来ましたけど、それからは誰も隣に来ていませんよ」

若い男女はお互いに確認し合うようにして答えた。

ならば、やるしかない。

あくまで自然な動作で、紙袋を慎重に抱え上げる。

これまで経験した通りであれば、これで何かが起きるはずがない。

通路の隅に紙袋を置いて、中に入った段ボール箱を慎重に開けた。

紙で封印された筒型の物体が六本、液体の入った瓶が四本、それぞれコードに繋げられている。

さらに奥には電池ボックスが見えて、その途中には以前見た物と同じ置き時計が接続されていた。

「惑惑時計だ……」

置き時計のアラーム針は八時ちょうどを示しており、長針はもう三分前まで迫っている。

慌てるな、まだ間に合う。

構造は単純で、解除トラップなども仕掛けられていない。

指先を伸ばして、電池を慎重に取り外す。

時計の秒針がぴたりと停止した。

短い呼吸を繰り返しながら、恐らく燃料の入った瓶と、火薬を詰めた筒を繋げたコードも解いていく。

これで時刻通りに爆発することは完全になくなった。

「……こちら足利。浪坂さん、聞こえますか。どうぞ」

額を流れる汗を袖《そで》で拭いつつ、無線機に話しかける。

『こちら浪坂、どうした？』

「爆発物を発見しました。至急回収をお願いします」

『本当か？　どこだ？』

「一階の観客席、１０８－２５０１です。発火装置は解除しましたので爆発の心配はありません」

『馬鹿、無茶するな。至急処理班を向かわせる。犯人はどうした？』

「どこにも見当たりません。席を確保していた来場者を調べてください……」


その時、体を震わすほどの大音量が響き渡った。


驚いて顔を上げると、競技場全体が煌々《こうこう》とした光に包まれて、夜空を貫くようなファンファーレが聞こえてきた。

「開会式が始まったのか……」

がっくりと脱力して床に腰を落とす。

ぎりぎりだったが、ついに追いついた。

犯人の計画をゴール寸前で止めることができた。

地響きのような音のうねりが尻の下から伝わってくる。

観客は一斉に目を見開いて、中央のセレモニーに見入っている。

二〇二一年、東京オリンピックが無事に開幕したのだ。

二十九

東京オリンピックの開会式が続く中、防護服に身を包んだ爆発物処理班が到着する。物々しい格好をしているが、観客たちの目はスタジアムの中央に向いているのでこちらの様子には気付いていない。

素早く状況を説明して、二人がかりで紙袋を運ばせた。

『足利、足利、聞こえるか？　現場の状況を報告しろ』

観客席を離れて外周のコンコースへ行った時に、浪坂から無線の連絡がきた。

「足利です。今処理班に爆発物を運ばせているところです。やはりこれまでのテロ事件と同じ仕組みが使われていました。時限発火装置が組み込まれていましたので、犯人はもう競技場にいない可能性もあります」

『分かった……それで足利、お前はその席を取っていた観客のことは知っていたのか？』

「それは、このテロ事件の犯人のことですか？　目星は付いていますが……」

『いつから知っていた？』

「……言葉の意味が分かりません。現場の席を取っていた者の名前が分かったんですか？」

『船村信介だ』

「は？」

『その席を取っていたのは、船村信介だ』

浪坂の回答に絶句する。

全く想像もしていなかった名前だった。

「おかしい……それはおかしいですよ、浪坂さん」

『何がおかしい。お前が予想していた奴じゃないのか？』

「違います。それは……考えられない」

一体どういうことなのか？

にわかに事件の真相に自信が持てなくなってくる。

浪坂の無線を切ると、ポケットからスマートフォンを取り出して電話をかける。

電話の相手とはすぐに繋がった。

『はい、もしもし、足利くん？』

男ののんびりとした声が耳に届く。

「……出ないかと思った。まだ、競技場内にいるのか？」

『んー？　競技場って？』

「オリンピックスタジアムにいるのかって聞いているんだ。赤月暮太！」

相手の余裕に苛立ちを覚えつつ、早口で尋ねる。

船村信介は、新革のメンバー、赤月暮太の本名だった。

「どうしてあんたが関わっているんだ。まさかあんたが首謀者なのか？　自分の座席の下に爆弾を仕掛けてどこに逃げたんだ」

『……ちょっと待って、足利くん』

「待ってどうする。まだ何か企んでいるのか？」

『言っている意味が分からない。いや、意味は分かるけど、話を整理してくれないか？』

「とぼけるなよ。あんたは……」

『いいから落ち着くんだ。慌てているのは分かるけど、きみはぼくの話を聞きたくて電話をかけてきたんだろ？　それならぼくの言葉を遮っちゃいけないよ』

赤月は冷静な口調でそう言うと、うん、うんと独り言をつぶやく。

恫喝《どうかつ》をかけても始まらないので、コンコース内をぐるぐると歩き回りながら彼の言葉を待った。

『まず、はっきりさせておくけど、ぼくは今そこにはいない。足利くんはオリンピックスタジアムにいるんだよね？　ああ、開会式はもう始まっているのかな？』

「じゃあ、どこにいるんだ」

『香港のとあるホテルのロビーにいる。どうしてそこにいるかは足利くんにも、きみが捜査している事件にも関係ない。とにかく東京から遥かに遠いところだ』

「香港……」

『だからテロ事件とは何の関係もない。だけどきみは、観客席の下から爆弾を見つけたと言って、それがぼくの座席だったから電話をかけてきた。そうだね？』

「そうだ。爆発物が置かれていた席を取っていたのは船村信介だ。それでもあんたは無関係だと言うのか？」

『それで分かったよ。つまりそういうことだったんだ』

「何が！」

『テロ事件の犯人が、新革の老人に会いに来た理由だよ。そいつはオリンピックスタジアムへ入り込むために、開会式のチケットがほしかったんだ』

「何だって？」

『新革でも東京オリンピックのチケットは何枚か押さえてあるんだ。誰が見に行くつもりかは知らないけど、そういうのは取っておくようにしている。でも一人の人間が同じ会場で複数のチケットを持つことはできないだろ？　だからメンバーの名前を借りて何枚も買ってあるんだよ』

赤月は丁寧に、諭すような口調で説明する。

『ぼくは話した通り開会式を見に行くつもりは全くなかった。というか、そんなチケットがあることも知らなかった。大体ぼくが自分の名前で取った席に爆弾なんて仕掛けると思うかい？　そのチケットを使って入場したのは別の人物だよ』

「あんたの話を信じろと言うのか？」

『信じたほうがいい。きみは迷いを捨てたほうが余程いい仕事ができる』

「本人確認のチェックはどうしたんだ？　購入時に登録した本人でないと入場はできないはずだ」

『そんなもの、抜け道はいくらでもあるよ。足利くんもまさか完全無欠のセキュリティだとは思っていないだろ？』

それはそうだろう、所詮は人が作ったものなのだから。

万全の警備体制など存在しないことも、これまでの経験から身に染みて感じていた。

『しかし、そうなるとぼくの名前で取ったチケットをテロ事件の犯人に渡したことになるね。さすがに仲間を売るような真似はしないと思っていたけど……』

「あんたは、犯人の正体を知っているのか？」

『知らない。全部ぼくの知らないところで行われたことだ。ただ……』

赤月は電話口の向こうで、ふむとつぶやく。

『そのチケット、もしかして特別なものだったんじゃないか？』

「……そうだ」

だからこそ、これだけの観客席の中から捜し出すことができた。

一階席の最後列だと限定できたからだ。

『足利くん。テレビを観ているよ。何事もなく開会式が進行している。爆弾は無事に回収できたんだね』

「だけど、犯人の居場所は分からない」

『じゃあ、そこにいるはずだ』

「何？」

『回収した爆弾は、たぶんダミーだよ』

「いや、本物だ。ちゃんと中を確かめた」

『外は確かめたかい？』

「外……」

はっと気づいて爆発物処理班を追いかける。

『爆弾が本物だったとしても、ダミーはダミーだ。犯人の狙いは他にあるはずだよ』

スマートフォンを耳に付けたまま処理班を呼び止めて紙袋の中をあらためる。

爆発物の入った段ボール箱は、全くの無地だった。

「……五輪の○印がない」

これまでと同じ犯人の手による者なら、そこにはオリンピックの五輪を示す最後の印、赤色の丸印が描かれているはずだった。

「どういうことだ？　赤月、あんた何を知っている」

『ぼくは何も知らないってば。足利くんが言う状況を想像して推理しただけだ』

「推理って……」

『ぼくは今テレビでそちらの開会式を観ている。だけど当然ながら、映っているのは中央でのセレモニーばかりで観客席はほとんど映っていないんだ。この分だときっと観客席で爆弾が爆発してもテレビには映らないだろうね。周りの人たちはパニックになるかもしれないけど、すぐ警備員に隠されるはずだから、それ以外の人には気付かれもしないだろう』

「観客席で爆発させても、意味がないってことか」

『少なくとも、東京オリンピックを中止させたいという犯人の目的は達成できない。となれば、足利くんが見つけた爆発物は、きみたち警察を油断させるために設置された物だと思うよ』

「だったら、犯人が本当に狙っているのはどこだ？」

『足利くん。ぼくは犯人じゃないし、警察でもないし、きみの味方でもないんだよ？』

「勝手に名前を使われて、犯人扱いされて、それでもあんたは組織を庇《かば》うのか？」

そう言い返すと赤月は乾いた声で笑った。

『じゃあ言おう。もしぼくがテロリストで、東京オリンピックの中止を望んでいたとしたら、狙うのは一つしかない』

「どこだ？」

『聖火台に決まっている』

「聖火台？」

『あれが点火されると同時に爆発でもしたら最高だと思わない？　呪われた東京オリンピックの象徴だ。観客もテレビカメラも、世界中の人が同じ光景を目の当たりにする』

ぞわっと、全身に寒気が走る。

まさか、そんなことが起きるのか？

「……いや、それは不可能だ。さすがに犯人もそこまで辿り着けない。誰でも入れる観客席とは違うんだ」

『じゃあ違うだろうね。大体ぼくは聖火台がどこに立っているのかも知らないんだから。それ以外の場所も思いつかないよ』

しかし赤月の回答は大きなヒントになっている。

聖火台を爆破するほどの影響をもたらす、別の場所があるはずだ。

この開会式を見つめる全ての人が注目する場所が。

いや……。

『何か思いついたかい？　足利くん』

「……思いついた。もう電話を切るぞ」

『ぼくに御礼の一言もないのかい？』

「あんたへの追及は、また後日行うから覚悟していろ」

『親切に協力してもこれだもんなぁ』

赤月は初めから分かっていたかのようにぼやく。

その電話を切ると、続けて無線のマイクを手にした。

「こちら足利、浪坂さん、応答願います」

間を空けずに浪坂の返事が聞こえた。

「浪坂さん……競技場の電源設備を管理している場所を教えてください」

聖火台の炎が消えるほどのインパクト。

全てが暗闇になれば、誰の目にも東京オリンピックが見えなくなる。

犯人は競技場を停電させるつもりだと確信した。

三十

夜空を満たす花火のような轟音が、振動となって体を震わせている。

煌《きら》めくような光と音のシンフォニーが、すぐ近くで繰り広げられていた。

しかし高い天井と壁に阻まれたこの場所では何も見えない。

歓声に包まれた観客席裏の外周通路に人の気配は全くなく、かえって圧倒的な暗さと寂しさが際立っていた。

足音を響かせないように、しかし歩みを遅らせないように、通路の奥の、さらに奥へと向かう。

競技場のマップによると、この先は突き当たりの袋小路となっている。

電源管理室の者に聞いた話によると、その壁には分電盤が設置されているはずだった。


こちらに背を向けた小さな人影を見つけて、思わず足を止めた。


彼はゆっくりと通路の奥へと向かっている。

やや上り坂になっているのでその進行は緩やかだ。

開会式はまだ数時間続き、聖火の点灯は終盤に行われるのが慣例だ。

さほど急ぐ必要はないと思っているのだろう。

その、ひたむきさすら感じられる後ろ姿をじっと見つめてから、あらためて近づいた。

「観客席はそちらではありませんよ」

声をかけると、男の手がぴたりと止まる。

さらに近づいて、彼の背中から伸びたハンドルを摑んだ。

「開会式はもう始まっていますよ。ご案内します」

「……ありがとう。でも大丈夫だ。おれは一人で行けるよ」

「警視庁の足利です。恐れ入りますがご同行願います、近田《ちかだ》さん」

そう話すと、近田と呼ばれた男はゆっくりと首を回してこちらを見上げる。

もう犯人の正体は知っている。

ただ、予想外だったのは、その顔に見覚えがあったことだった。

振り返った男は、幕張メッセで助けた車椅子の老人だった。

「あなただったんですか」

「ああ……あの間抜けな刑事か」

老人も眼鏡の中で目を大きくさせる。

針金のように痩せた皺だらけの老人は動かない。

捕まった時点で抵抗しても無駄だと分かっているからだろう。

捜査が正しければ、彼は九十八歳の超・高齢者なのだから。

「どうして、ここにいると分かった？」

「この奥に分電盤……電気の分配器があるからです」

百メートルほど先にあるクリーム色のボックスを指さす。

「あなたは開会式の最中に爆発事件を起こして、東京オリンピックを台無しにしようと企んでいた。しかし大きな被害を与えるほどの爆弾なんて持ち合わせていないし、その体では競技場のど真ん中や聖火台へも辿り着けない。それで競技場の電気を遮断して真っ暗にしようと考えた」

老人はこちらに後頭部を向けて話を聞いている。

「ただし、ここの電源設備は地下にあって警備もされている。またたとえ大本《おおもと》の電源を破壊しても瞬時に予備電源へと切り替わる仕組みになっている。だけどここの分電盤だけは剥《む》き出しになっていて、破壊すれば競技場すべての配電がストップすることに気づいたんです」

というのが、先ほど電源管理者から聞いた話だ。

彼もこの分電盤の安全性を懸念して運営元に報告を続けていたが、上は何の対策も取らなかったと不満を漏らしていた。

ここでも「上」の問題が発生していた。

「近田さん、もう止めましょう。競技場の電気を消してどうなるんですか？　電源なんてすぐに復旧できる。そんなことをしたって東京オリンピックは中止になんてなりませんよ」

「だったら、やらせてくれ」

「させるわけにはいきません」

「お前におれの何が分かる？」

「おれはみんな知っています、たぶん、あなた以上に」

回り込んで近田の正面に立って腰を屈める。

老人は敵意の籠もった眼差しを向けていた。

「近田さん、あなたは一九六三年、東京オリンピックに向けた旧・国立競技場の工事で事故に見舞われた。どれほどかは知りませんが、移設作業中の聖火台が転倒して重傷を負い下半身付随になった。それであなたは今のような車椅子での生活を送らなければならなくなった」

「そう……脊椎《せきつい》損傷だ。背骨が折れたんだ」

「しかしあなたは何の補償も受けられないまま見捨てられた。当時は現代ほど労災も福利厚生も整っていなかった。勤めていた槍浜組もまだ会社ではなく大工職人の集団だった。動けない奴なんて必要ないとばかりに辞めさせられてしまったんだ。

おまけに、あなたが住んでいた借家も道路の拡張工事によって取り壊しになった。これもオリンピックの影響でしょう。こちらも法整備が進んでおらず今ほど補償は手厚くなかったと思います」

「補償なんてあるものか。いきなり追い出されたんだ」

「それであなたは自暴自棄になり、何もかも捨てて世間から姿を消した」

「おれは自暴自棄になどなっていない」

「なったんですよ、あなたは」

きっぱりと断言すると、近田は口を噤《つぐ》んだ。

「その後、あなたは何かのきっかけで、元・過激派の三苦空良《みとまそら》と出会って、彼が作るみちびきの郷へ行くことにした。あそこは世間や社会が嫌になった人たちが共同生活を送るコミュニティだ。オリンピックのせいで人生を壊されたあなたが住むのも抵抗はなかったはずだ」

昼間、藍花にみちびきの郷へ走ってもらった理由はそこにあった。

近田がかつて村の人間であったかどうかを確認したかったのだ。

テロ事件の犯人は村出身の若者ではなく、村から出て行ったこの老人だった。

「三苫村長は、近田さんに感謝されていましたよ。若者だった自分の村づくりを手伝ってくれて、色んなことを教えてもらったって。他の者たちを指導して家や水路を造ってくれたって。村では棟梁《とうりょう》と呼ばれていたそうですね」

「村長と出会ったのはどこかのドヤ街だった。山奥へ引っ込むのはおれも考えていたが、この体じゃ一人でやりきれない。こっちこそ渡りに船だったよ」

「しかし、その村も二〇一一年の原発事故で避難区域に指定されてしまい、村民は移住して再び村を作り直さなければならなくなった。あなたにとっては、またしてもこの国と社会に人生を壊されたようなものだ。それでもあなたは耐え続けて、新天地に移住してからも村で暮らし続けた」

「何の役にも立たないおれを捨てずに連れて行ってくれた。迷惑をかけるくらいなら死のうと思ったが、他に死んだ奴がたくさんいると死にきれなくなるもんだ」

「それなのに、あなたは村から去って行った。長年一緒だった三苫村長は引き止めたけど、もう迷惑をかけたくないから町で余生を送って死ぬと言ったそうですね。村は来る者拒まず、去る者追わずが信条で、最期は町で終えるのも慣例だから止められなかったと。それが二〇一九年の七月だった」

世界規模で感染被害をもたらした新型コロナウィルスの影響がなければ、翌年に東京オリンピックが開催される予定だった。

「みちびきの郷を出たのは、いよいよ今回のテロ事件を実行に移す時が来たからだ。村民に個人資産はなかったが、共有財産から老後の資金と、これまでの功労者としてある程度の金を受け取っていた。あなたはそれを使って槍浜建設が関わった会場を調べて回り、爆発物を仕掛ける日時と場所を選んだ。長年離れてはいたが、あなたは元大工だし、村で造った建物のほぼ全ても監督していた。それぞれの会場のどこに弱点があるかも見極められた」

「建物は大きくなるほど仕事は杜撰《ずさん》になる。近頃はもっぱらそうだ」

「ただ今日の開会式にオリンピックスタジアムへ入り込む方法はなかった。それであなたは、三苫村長の名前を出して新革の幹部へ繋ぎを付けて、テロのノウハウと観客席のチケットを手に入れた。欲しかったのは、車椅子が入れる観客席だった」

赤月暮太こと船村信介の名前で取っていた観客席がそれだった。

爆発物が仕掛けられている場所を一階席の二十五列目だと見当を付けられた理由もそこにあった。

「あなたは九十八歳の高齢者であることと、車椅子の障害者であることを最大限に活用した。本来は不利になる立場を利用して、疑われず、親切にされることで自分の姿を巧みに隠した。こんな車椅子の老人がテロ事件なんて起こせるはずがない。そのお陰で見つかっても怪しまれず、車椅子を改造すれば爆発物を持ち込むこともできた」

近田は長いブランケットを膝掛けにして足を隠している。

恐らく爆発物は見えない座面の下に隠されているのだろう。

「札幌の時計台はこっそりと陰に入って爆発物を仕掛けた。福島の球場では当時身体障害者の野球大会が行われていた。幕張メッセでは唯一、本名を使って事前登録する必要があったが、他に名前を使う場所がなかったので問題なかった」

しかし、それが唯一の証拠になった。

「有明アリーナも関係者以外は入れなかったが、組織委員会が警備もシャットアウトしたので監視の目を逃れることができた。そしてオリンピックスタジアムは他人のチケットを使って堂々と入場した。そして今、あなたはここでおれに捕まった」

そう話し続ける間、近田は目を閉じたり宙を見たりとぼんやりしていた。

誤りを指摘する素振りも見せなかったのは、それが全て真実だったからだろう。

「近田さん、これで終わりです。あなたのテロ活動もここまでです」

「……おれはどうせ、これが終わったら死ぬつもりだったんだ。だからあと一回、あれを爆破させてくれないか、足利さん」

「駄目です。おれはあなたを死なせませんし、爆破もさせません。あなたは多くの施設でテロを起こして、多数の負傷者を出しました。幕張メッセでは死者も出ています。見逃すわけにはいきません」

「それがどうした。お前におれの気持ちが分かるか」

「いい加減にしろよ、爺《じい》さん」

そう言い返すと、近田はやや不思議そうな目を向ける。

「……なぁ爺さん、勝手なことばかり言って、おれがどんな気持ちでここにいるのか。いちいちあんたの犯罪を曝《あば》いているのか、あんたに分かるか？」

「それは警察の……」

「警察じゃねぇよ！　警察の仕事なら大勢であんたを捕まえて、今すぐここから引きずり出すよ。でもそれが嫌だったから、おれは一人で来たんだ。おれは、あんたに会わなきゃならなかったんだ！」

資料室で過去の新聞記事を目にした時、疑いが強まった。

藍花が名簿からその名前を見つけた時、疑いが確信へと変わった。

それでも信じられなかったから、藍花をみちびきの郷へと向かわせた。

そして自分は、里帰りをした。

「……おれは元・警視庁オリンピック・パラリンピック競技大会特別警備本部の刑事、足利義松だ」

「足利……義松？」

「そしてあんたの名前は、近田、義松さんだろ？」

そうテロ事件の犯人の名を告げた後、奥歯をぎゅっと嚙み締めてから、再び口を開いた。

「おれは、あんたの曾孫《ひまご》だ」

三十一

近田義松は口を半開きにしたままこちらを見返している。

信じられないというよりも、有り得ないといった表情だった。

「曾孫……おれの曾孫だと？　お前が？」

「ああ、そうらしいな」

「何を馬鹿な……」

「一九六四年、東京オリンピックが開幕した年に、あんたは怪我を負って借家を追い出された末に妻と離婚した。妻の名は三重子《みえこ》。二人の間には娘が一人いた、名前は操《みさお》だ」

車椅子の肘掛けに手を突いて、近田を見下ろす。

「三重子はあんたと別れた後に娘を連れて実家へ戻り、旧姓の永浜《ながはま》三重子に戻った。だが出戻りの女に周囲の目は厳しく相当な苦労を強《し》いられた。そして二年後の一九六六年に三重子は病にかかってあっけなく死んだ。まだ三十八歳の若さだった」

「三重子が……」

「母が死んでからは娘が苦労を引き継いだ。ただ数年後には結婚が決まって家を出ることができた。運が良かったのか、体よく追い出されたのかはもう誰も知らない。娘は足利の家に嫁いで足利操になり、同じ年にはおれの親父が生まれた。そして親父はお袋と結婚して三十年前におれが生まれた。だから、おれはあんたの曾孫になるんだよ」

今日、一日がかりで調べ上げたことだ。

病床の母の元を訪れて話を聞き、さらに疎遠となっていた父の兄弟、さらには会ったこともなかった祖父の兄弟にも会いに行った。

親戚回りなど柄にもないことをやったわけだが、さすがに普段の聞き込み捜査よりも皆親切に接してくれたのはありがたかった。

そして、ようやく出会った祖父の姉の息子から、記憶を頼りに一切の話を聞き出すことができた。

「近田さん、だからおれは一人であんたに会いに来たんだ。あんたはおれの曾祖父だ。会いたくもなかったが、知ってしまったからには放っておけない。晒し者になる前におれの手で捕まえておきたかったんだ」

近田は呆然とした顔のまま見上げている。

その濁《にご》った目の底に、数十年の思いが層をなして積もっているように見えた。

「操は……元気か？」

「死んだよ。二十九年前、おれが生まれてすぐらしい」

「そんな前に……」

近田は疲れたように顔をうつむかせた。

「……悪いことをした。恨んでいただろうな」

「そんなわけあるか。普通、自分の孫に恨んでいる親父の名前を付ける祖母はいない。あの人はただ、もう一度あんたに会いたかったんだと思う」

会えないままに先立たれた娘。

記憶に残る前に他界した祖母。

思いを馳せる男二人に、妙な情けなさを覚えた。

「東京、オリンピックなんだ……」

近田は体を小刻みに震わせながら言葉を落とす。

「東京オリンピックが、おれの人生をめちゃくちゃにしたんだ。仕事も、足も、三重子も、操も、オリンピックが全部奪ってしまった」

「……それでも、テロ事件を起こすのは間違っている。あんたの爆弾で怪我をした人も死んだ人も、あんたとは何の関係も無かったはずだ」

「なぜ、思い出させた……」

近田は顔を上げて睨みつける。

その目はわずかな涙に光っていた。

「なぜ、おれに昔の恨みを思い出させた。どうしてまた、東京でオリンピックなんてやらなきゃならないんだ。せっかく何もかも忘れかけていたのに。このまま死ぬつもりだったのに。一体どれだけ……一体どれだけおれを苦しめたら気が済むんだ」

「それは筋違いだろ。東京オリンピックがあんたをそんな目に遭わせたわけじゃない。あんたを苦しめるためにまた開催するわけじゃない」

「だから恨むなと言うのか？　諦めろと言うのか？　オリンピックがおれに何をしてくれた？　世界平和のためにおれを見捨てたのか？　これは戦争か？　また国のために死ねというのか？　一体、誰のための、何のためのオリンピックなんだ」

「あんたは……」

「おれがこうなったのはオリンピックのせいだ。おれを追い詰めて爆弾を持たせたのは、オリンピックそのものだ。復讐して何が悪い。中止を望んで何が悪い。オリンピックさえなければ、おれはもう少しまともな人生が送れたんだ」

　近田の嗄《か》れた声に、同情と、失望と、諦めの念を抱く。

　血の繋がりだけで分かり合えるものがあるかもしれないと期待したが、九十八歳の老人を説得できる方法など何もないと気づいた。

　こんな気持ちになるくらいなら、何も知らない振りをして、誰かに取り押さえてもらったほうが良かった。

　話し合いはもう終わりだ。

　肘掛けから手を離して、そっと曾祖父の腕に手を伸ばす。

その寸前で、車椅子から素早く立ち上がった近田の頭が顎を直撃した。
ばちっと目に火花が走り、脳が自分の頭蓋骨に激突する。
腰から力が抜けて床にへたりこんだ。
近田は力一杯に首を伸ばして、竹のように細い足を引きずりながら通路を引き返す。
嘘をついていたのか、必死の思いが成せる技なのか。
下半身不随と聞いていたが、わずかに自力で歩くこともできたようだ。
「ま、待って……」
こちらは逆に足が萎《な》えてしまい、腹這いになってあとを追う。
顎をまともに強打したせいで、すぐには回復できなかった。
近田の小さな背が徐々に遠ざかっていく。
馬鹿な真似は止めろ。
どこへ逃げるって言うんだ。
声にならない怒りを目でぶつけつつ、四つん這いになって追いかけた。
どうせその体では競技場の外へも出られないじゃないか。
頼むから、それ以上無様な真似をしないでくれ。
ようやく膝に力が入るようになったその時、今度は逆に近田が足を崩した。

危ない！

脇から飛び出して来た女が、間一髪で近田の体を支えた。

「藍花！」

声をかけると、彼女はこちらと老人を交互に見る。

「義松、この人が？」

「そう、そうだ！　身柄を確保しろ。でも力は入れるな、高齢者だ」

藍花は近田を床に伏せさせて体を押さえる。

彼女は万が一にも油断しない。

近田は不意に来た女も刑事だと分かったらしく、大人しく床に体を横たえていた。

「義松、大丈夫？」

「平気だ、顎にいい奴をもらっただけ……」

苦笑いを見せて立ち上がろうとしたが、藍花はなぜか目を大きくさせてこちらを見返していた。

「どうした？　藍花」

「義松……車椅子が、動いているんだけど」

藍花に言われて振り返ると、近田の車椅子がすうっと、無人のまま動き始めていた。

ブレーキが外れたのではない。

車椅子は通路の奥へ向かってゆっくりと、坂道を上り始めていた。

「……爆弾か！」

そう気づいた瞬間、ぞわっと総毛立った。

近田は車椅子から離れる際に、電動で分電盤へと進んで爆発させる装置を作動させたのだ。

「藍花、その男を連れて離れろ！」

そう言うと、次第に速度を上げていく車椅子のほうを向いて腰を持ち上げる。

なんてこった、これじゃクラウチングスタートの姿勢だ。

しかも分電盤までの距離はおよそ百メートルじゃないか。

ふざけている、でも、やるしかない。

競技場の音が耳から遠ざかる。

肺に空気を溜めて、息を止めた。

「走って！」

その声を合図に前へと飛び出した。

でも左足が床に滑ってもたついた。

おれのせいじゃない。

床がコンクリートで、シューズが競技用ではないからだ。

すぐ体勢を立て直して、腕と足を限界まで速く繰り出す。
車椅子までの距離はまだ遠い。
時限式か、衝撃を受けると作動する仕組みか。
分からないが、とにかく分電盤に近づけてはいけない。
「やめろ！　逃げろ！」
近田が慌てて声を上げるが、そういうわけにはいかない。
体が硬《かた》い、足が遅い。
気持ちばかりが前へ前へと進んで行く。
忘れろ、みんな忘れろ。
これはオリンピックだ、百メートル走の決勝戦だ。
負けるなんて有り得ない。
追いつけないはずがない。
おれは後半追い込み型だ。
膝なんて壊れてしまえ、心臓なんて破れてしまえ。
速度を上げ続ける車椅子と、ついに横並びになる。
そして、分電盤に激突する寸前で思いっきり横に飛んだ。
車椅子に体当たりを食らわせて一緒に転び、通路の壁に体を打ち付けた。

次の瞬間、車椅子が目の前で爆発した。

激しい轟音と衝撃が体を貫く。

一瞬、宙に浮かぶ感覚がした後、床に叩き付けられた。

「義松！」

遠くから、声援とはほど遠い悲痛な叫び声が聞こえた。

目を開けると、白く眩しい照明が飛び込んできた。

勝った、のか？

どっと、割れんばかりの歓声が聞こえる。

【八月九日　月曜日】

三十二

オリンピックは夢の舞台だ。

参加選手だけでなく、それを応援する観客にとっても、テレビやネットで観戦する視聴者にとっても、夢を見ているような心地にさせてくれる。

オリンピックでは多種多様の競技が催されるが、その中で花形となると陸上競技で、さらに至高の一種目となるとやはり百メートル走だ。

これは自分が短距離走者だったからそう思うわけではない。

開催スケジュールを見ても視聴率を見ても世間の話題を聞いても、きっとそうなるはずだ。

ところが、その競技内容は極めて単純で味気ない。

百メートルを駆けっこして一着を決めるだけ、一試合が十秒で終わる競技だ。

やろうと思えば近所の公園にでも集まって、道具も使わずに始められて、たぶん三回もやれば疲れて飽きてやめてしまう。

それにもかかわらず、オリンピックではあれほど注目を受けて盛り上がり、目にした者を感動させてくれる。

放映権や広告料に莫大な金が動き、金メダリストは世界的な英雄として名声が得られる。

駆けっこが世界最高のスポーツになることこそ、オリンピックが夢の舞台である証拠だ。

だから、現実との間に歪みが生まれるのかもしれない。

夢の光が強く輝くほど、心に建てた墓標《レガシー》の影が色濃く際立つのだろう。

灼熱の日射しが町を照りつける真夏の午後、入院先の病院に藍花が見舞いにやって来た。

手土産は体裁を保つためだけに持って来たフルーツの籠《かご》と、今すぐ食えとばかりに手渡された棒アイスを二本。

そのうち一本は彼女がパイプ椅子に座るなり自分で食べ始めていた。

「調子はどう？　義松」

「暇すぎて死にそうだ」

ベッドに座り直して同じように棒アイスを食べる。

ソーダ味の安物だったが、入院生活ではそのほうが気楽な日常が感じられて嬉しい。

藍花は非番らしく、白いカットソーとジーンズのラフな格好をしていた。

「終わったよ。ひとまずは無事に」

「テレビで観ていたよ。本当にお疲れさま」

昨日、八月八日の夜、東京オリンピックは閉会式を迎えた。

あっという間の二週間、夢の舞台が終わりを告げた。

その、恐らく二度と体験することのない二週間を、結局病院のベッドで過ごした。

車椅子爆弾の爆発によって肋骨二本と左足の臑を折り、右腕と腹に火傷を負ってしまった。

医師からは幸いにもその程度で済んだと思うべきだと言われた。

「近田は……」

「大丈夫、健康状態に問題はないって。でも歳が歳だから取り調べには時間がかかっているみたい」

「そう」

「義松に謝りたいって言ってるらしいよ」

「知るかよ。おれより他に謝る相手が大勢いるだろ」

棒アイスをくわえたまま、吐き捨てるようにそう言った。

オリンピックスタジアムでの出来事の後、藍花はすぐに応援を呼んで現場を適切に処理してくれたらしい。

らしい、というのは、その時すでに意識を失って何も覚えていないからだ。

こっそりと会場から運び出されて、救急車に乗せられて病院へと搬送された。

犯人の近田義松は現行犯逮捕されて警察へと連行された。

オリンピックの開会式には何の影響もなく、オープニングセレモニーも華々しく完遂したようだ。

「ショックだった？　お祖父《じい》さんがテロ事件の犯人で」

「曾祖父《ひい》さんだ。まだ生きていたなんて思ってもいなかったよ」

テロ事件の犯人逮捕は開会式の後に報道された。

警察官の曾祖父という情報は伏せられていたが、九十八歳という年齢は注目を集めた。

とはいえ、すぐにメディアもオリンピックの話題に持ちきりとなったので、解決したテロ事件の話題はさほど広がることもなかった。

「妻と娘を捨てて世間から消えた癖に、オリンピックがあると知ったら住み慣れた村も捨てて爆弾テロを起こす奴だ。高齢者で、身体障害者の境遇を使って、他人の親切を悪用するような奴だ。自分の人生を壊された癖に、他人を傷つけても平気でオリンピックに責任をなすりつける奴だ。正直、曾祖父だなんて知らないほうが良かったよ」

『一体、誰のための、何のためのオリンピックなんだ』

近田義松の悲痛な顔と憎しみの声が蘇る。

「……だけど、もっと早くに気づいていれば、止められたかもしれない」

たとえ無理だったと分かっていても、その悔しさだけは残り続けた。

「止めてくれたよ、義松は」

藍花は食べ終わったアイスの棒を受け取りつつ励ます。

「義松のお陰で無事に東京オリンピックが始められたんだから、間違いなく今回の警備で一番の功績だよ。警察も面子を保つことができたし、近田容疑者にとってもそれで良かったんだよ」

「そう思うしかないな」

「でも、一人で行ったのはやっぱり駄目。刑事失格。身内か何かは知らないけど、テロリストなんだよ？　捕まえられなかったらどうするつもりだったの？」

「時間もなかったし、自信もなかったんだ」

「そんなの言い訳にならないよ。わたしが来なかったら危なかったんだよ」

「分かってる。あれは本当に助かった。次は必ず藍花を誘うよ」

面と向かって深く頭を下げると、反省を促すように怪我をした肋骨に痛みが走る。

顔を上げると、藍花は呆れ顔で見下ろしていた。

「謝るならお母さんにしなさい。心配ばっかりかけて」

「ああ……そっちの件も本当にありがとう」

爆弾を受けて負傷した後、入院中の母への報告や、母自身の退院に向けて手続きなども藍花が引き受けてくれた。

彼女が甲斐甲斐しく働き、報告に来てくれたお陰で、母も息子も互いに心配することなく過ごすことができた。

「お母さん、凄く明るくて、優しい素敵な人だね。何度も謝られたり、お見舞いの品をもらってくださいと言われたりして……わたしのほうが恐縮しちゃったわ」

「猫を被っているんだよ。適当にあしらってくれていい」

「全く親譲りの無鉄砲で、子供の頃から損ばかりしているんです。お陰でひと様に迷惑ばかりかけて、やっぱりあんなの警察官にするんじゃなかったって」

「おれは坊ちゃんかよ」

「……それと、悪い子じゃないから、阿桜さんもどうかもう少しお付き合いを続けてもらえませんかって言われたんだけど。義松、お母さんにわたしのことなんて紹介してるの？」

「気にするな。たぶんまだ頭がはっきりしていないんだ」

「こら」

ぴしゃりと、平手で額を叩かれた。

「だんだん、病人に遠慮がなくなっていないか？」

「病人ならもっと病人らしくしなさい。実際どうなの？」

「明日にもう一度検査があって、今週中には退院して現場に復帰するよ」

「大丈夫なの？」

「百メートル走でもしない限りは。しばらくは大人しくしているよ」

そろそろ動かないと社会復帰も心配になる。

どうせ大した仕事も任されていないから問題ないだろう。

「分かった。まあ、二十四日まではリハビリだね」

「二十四日ってなんだ？」

「忘れたの？　次は東京パラリンピックの開会式でしょ」

「ああ、そっか。でもおれは……」

「言ってなかったけど、義松、特警本部に復帰だから」

「え、本当に？」

「浪坂副部長が言ってたよ。また一人で勝手に動かれたら面倒だから、そんなにやりたいなら復帰してまた阿桜と組めって」

「別にもう戻らなくてもいいんだけど……」

恩情のつもりなのか、評価しているのか。

上の考えは本当に分からない。

誰のためのオリンピックなのか、何のためのオリンピックなのか。

曾祖父の質問にも答えられなかった。

自分で嫌になる時もあるが、難しいことを考えるのは苦手だ。

でもお陰で世界にも社会にも、そこまで絶望せずに生きていける。

考えるよりも足を動かして、走り回って答えを探すほうが向いている。

そのほうが、まだ後悔せずにいられる気がした。

つけっぱなしのテレビでは昨夜の閉会式の様子が名残を惜しむように何度も流れている。

藍花は勤務中よりもリラックスした優しげな顔で、画面をじっと見つめていた。

「藍花」

「何？」

「おれ、藍花に話したいことがあるんだけど」

「奇遇だね。わたしも義松に話したいことがある」

彼女は突き刺すような切れ長の目を向ける。

しかし、その目の奥に楽しげな光が感じられた。

「義松はなんの話？」

「決まってるだろ、オリンピックだよ」

「わたしも。だってずっと仕事だったから。オリンピックの警備をしているのに、オリンピックの話ができないんだから本当に辛かったよ」

「おれなんて一日中テレビもネットも観ていたのに、話し相手がいなかったんだぞ。何の競技から話そうか」

「最初から？　というか、開会式もわたしら観てないんだよね。現場にいたのに」

「よし、じゃあ今から観よう。ネットのどこかに動画があったはずだ」

相棒との久しぶりの掛け合いに妙な高揚感を覚える。

間違いなく、この東京オリンピックは忘れられない記憶となって心に残り続けるだろう。

それから十分後、病室へ来た看護師から騒ぎすぎだと、二人揃って叱られた。

◎本作は書き下ろしです。
◎本作はフィクションです。実在の人物、団体、企業、学校等とは一切関係ありません。

相本孝思（すぎもと・たかし）
1977年、奈良県生まれ。大阪国際大学経営情報学部卒業。2002年「やがて世界は詩に至る」でデビュー。「THE CHAT」シリーズで若者を中心に熱烈な支持を獲得し、異色のホラーミステリー作家として一躍注目を浴びる。12年、『THE QUIZ』で第4回啓文堂おすすめ文庫大賞を受賞。著書に『ミルキ→ウェイ☆ホイッパ→ズ　一日警察署長と木星王国の野望』（小社刊）、『ハイエナの微睡　刑事部特別捜査係』（角川文庫）など警察小説も数多く手掛ける。

フィニッシュライン
警視庁「五輪」特警本部・足利義松の疾走

潮文庫　す－2

2021年　6月20日　初版発行

著　者　相本孝思
発行者　南　晋三
発行所　株式会社潮出版社
〒102-8110
東京都千代田区一番町6　一番町SQUARE
電　話　03-3230-0781（編集）
03-3230-0741（営業）
振替口座　00150-5-61090
印刷・製本　株式会社暁印刷
デザイン　多田和博

ISBN978-4-267-02294-4 C0193